为了人与书的相遇

玉森画廊的客人

郑辰 著

お客さま

广西师范大学出版社
·桂林·

图书在版编目(CIP)数据

玉森画廊的客人 / 郑辰著. —桂林：广西师范大学出版社，
2019.3（2019.4重印）

ISBN 978-7-5598-1317-6
Ⅰ. ①玉… Ⅱ. ①郑… Ⅲ. ①长篇小说－中国－当代
Ⅳ. ①I247.5

中国版本图书馆CIP数据核字(2018)第245050号

广西师范大学出版社出版发行

广西桂林市五里店路9号　邮政编码：541004
网址：www.bbtpress.com

出 版 人：张艺兵

特约编辑：翁慕涵

责任编辑：罗丹妮

装帧设计：孙晓曦（pay2play.design）

内文制作：陈基胜

全国新华书店经销

发行热线：010-64284815

山东鸿君杰文化发展有限公司

开本：787mm×1092mm　1/32

印张：7.75　字数：108千字

2019年3月第1版　2019年4月第2次印刷

定价：45.00元

1

从便利店买回三明治不久，听到门铃响起，接着是美奈子迎客的问候，登门的不是东京人，听口音也可能不是日本人，这再正常不过，石井每个月都要接待几批中国游客，只因画廊代理了一位声名远播的年轻艺术家，做武士塑像的野口。石井没急着迎出去，只是站在门口偷听，来访的是两个人，表明来意的是年轻的那个，另一个话不多，年轻人称他杨先生，他似乎不懂日语，只偶尔道谢，听声音与自己年纪相近。

果然，他们为野口而来。石井冷笑，他接待过太多这样的客人，为见到原作花言巧语，不经许可便上手把玩，而后就此消失，玉森几乎沦为景点，他开始后悔搬到骨董通[1]，终究太靠近繁华。为避免麻烦，上个月他命美奈子拒绝所有陌生人的请求：抱歉，目前画廊里没有野口先生任何作品。

当然，这是撒谎，此刻办公室的储物架上就藏有六件，其中三件留在明日东京国际艺术博览会售出，剩下三件也早有归属，六十厘米高的归练马美术馆馆藏，两件三十厘米高的，一件归瑞穗银行，一件归儿玉画廊主那须信弘先生。这些才是不能得罪的机构和人，识别他们，准确排名，对于石井至关重要，手握野口之后更不容有失。至于那些自己找上门、动机不纯的人，早已不必亲自去见。可是今天，美奈子却反常地没有打发那两个人，而是来敲自己的门。

就这样，石井被迫与他们见了面。各自介绍，石井，美奈子，杨哲，小金。正当满脸堆笑的石井盘算着如何打发这两个中国人的时候，美奈子却自行跑去沏茶，这意味着石井不得不邀他们多坐一会儿。会客室不到四坪，

[1] 骨董通，位于东京南青山的街道，多家古董商店、画廊在此聚集。

三个人挤进去就满了。小金再次表明来意的同时，杨哲直勾勾地打量这个和自己年纪差不多的日本人，同样灰白的头发、皱纹的分布……却精神许多，容貌一丝不苟。这人不好打交道，不知为什么，他这样想。等茶，为避免尴尬，石井从办公室取来一件野口的作品，拆封，摆在桌子中央。杨哲把头探到塑像跟前，感叹着，精致，漂亮。

石井借机隐蔽地观察杨哲，太邋遢，穿得像东电工人，长得也像，皮肤粗糙，暗淡的黄褐色，一头灰发颓废地趴在头皮上，刚摘掉安全帽似的，这不像会花几百万日圆买艺术品的人吧？石井努力回忆七年前唯一一次作为参展方受邀出席香港巴塞尔[1]的经历，展会上遇到的中国富人和他不同，这让石井断定眼前这位只是路过的游客。

“我真的很高兴，你们光临玉森画廊，也很高兴你们喜欢野口先生的作品。”

---

[1] 巴塞尔（Art Basel），世界级艺术展会，每年于香港、巴塞尔及迈阿密三地举行，旨在联系世界各地的收藏家、艺廊及艺术家，协助艺廊培育艺术工作者的发展。

杨哲随口用中文应着，客气，客气。

小金将这句翻译成，请多关照。

“请问二位来自哪里？”

“香港”。

小金诧异地看了杨哲一眼，不明白他为什么撒谎。

“香港巴塞尔每年都会请我们画廊过去参展，我很喜欢那里，也非常期待您能成为我们画廊又一位香港的藏家。”

美奈子端着茶盘走进来，躬身将杯垫摆在小金面前时，溪流般的长发拂过他放在桌上的手，他偷着望向正低头认真摆正茶杯的她，齐刘海漂浮起来，一张精巧的面孔全然暴露。美奈子，他暗自重复，整间画廊唯一能感受到的美。

“杨先生，您是怎么知道我们玉森画廊的呢？”

“野口啊，小金帮我查到是你们在代理他。话说，以前一直没注意过你们画廊。”

“说起来，我们的店面确实不怎么起眼啊。”

“我很喜欢逛这条街，几家古董店都不错。”

提到古董店，石井的脸僵了一下，但迅速恢复假笑的模样。

“对，是这样，应该有将近十家古董店，都开在这里很久了，看来杨先生是行家啊。”

“信誉都不错,我也是他们的常客了,山崎你认识吗?山崎彬。”

石井先假装思索，随后惭愧地摇头。

“就是离你们最近的那家古董店老板，我们很熟。”

这点杨哲没撒谎，他确实是这条街上古董店里的常客，尽管这里的货都不便宜，但保真，放眼东京，能做到这点的，在杨哲印象中，也只有银座的秋华洞了。对于他这种半路出家的收藏者而言，保真的诱惑力难以抵挡。

“看来我猜对了，杨先生真的是个重要藏家呢！”

石井口是心非地说着恭维话。

“这条街上还有两家画廊我也经常光顾，一家叫无人岛，都是动漫什么的，我不太懂那些。”

“主要卖著名漫画家和插画家的原稿,”小金帮腔,“还有些限量版的怪兽手办。”

石井一知半解地点头。

“虽说不懂吧，可每次也进去看看，随便买点什么，也算没被年轻人落下，再说还有这小子帮我挑，他知道该买什么，空山基？森口裕二？”

说着杨哲望向小金，他认定小金在这方面不是外行，但时间一久还是有所警惕，不知小金的选择是否完全出于个人偏好。做一个聪明人是杨哲的坚持，至少初到日本还不曾失误，买房，买家具，买古董。然而，此时他不会料到，那纪录已经终结在半小时前迈进玉森的那一刻。

“还有一家画廊，叫……”

“新生堂！”小金接话。

“这个我知道，开在这条街上二十年了。”

“对，我很喜欢他们代理的一个叫大森晓生的艺术家。”

“欸，我认识大森先生，很有名望，他的作品真的很厉害，不过价钱也很厉害啊。”

“我买过他三件木雕作品。”

“厉害。”

“其中我最喜欢的是一条灰蛇缠在镜框上。”

“对，是这样，大森先生雕蛇很拿手。”

“那面镜子现在还挂在我赤坂的公寓里。”

“欸？杨先生已经在东京买了房子？厉害啊，杨先生，而且还是在赤坂，我可是住不起那里的，杨先生真是个有钱人啊。”

“不光在东京，和歌山、京都，也买了两处房子，你去那边玩，可以住我那里。”

“欸？！”石井惊叹，拍着胸口，“和歌山，我就是和歌山人！”

似乎说到这里，石井才真正来了些对话的兴致。

“是吗？那更欢迎了。”

石井双臂撑住膝盖，半鞠一躬。

“杨先生方便透露您和歌山房子的大概位置吗？”

“和泉市郊，大阪府跟和歌山县交界的地方。”

“离我的老家很近啊！”

“你还有家人住那儿吗？”

“一大家子呢……”，石井一顿，脸色稍显阴沉，“再冒昧地问一句，您为什么会在那里买房呢？我是说，很多日本人都不见得知道那里呢。”

“阴差阳错，先是在京都买了庭院，然后中介推荐了那里，说我肯定喜欢，抽空去看了一眼，果然不错，房子大，院子大，院里都是樱花，环境也好，而且便宜，才四亿多，不知道你听说过北京的房价没有，这些钱只能买一套还凑合的公寓。”

说到这里，杨哲停了一下，意识到该拿香港举例。

“但我真正想买的，其实是那附近的一个码头。”

“游艇城？”石井将信将疑，却还是赞叹，“厉害，那可是一笔大买卖啊！”

“不过那边已经犹豫很久了，卖不卖不给准信儿，等得心烦。”

“我不清楚外国人能不能购买日本的码头，请杨先生多去了解，不要因为误会浪费您宝贵的时间。”

“已经了解得很清楚了，问过交通部港湾管理科的人，问过当地港湾局的人，日本的码头可以卖给外国人，你们的法律没拦着。”

“原来是这样，那么码头属于政府还是个人呢？和地方政府打交道确实需要耐心。”

“个人。”

“哦，日本人是这个样子呢，做决定很慎重。如果您需要的话，我的妹夫久保先生兴许能帮上忙，他是县议员。”

“……不用，不用，再等等看。”

石井暗笑，恭敬地点头。

美奈子回来倒茶，还端上一盘饼干，俯在石井耳边低语两句便再次离开。

安静片刻，杨哲突然指着桌上那件作品。

“把这件卖给我吧！”

石井嘴里发出“嗞”的声音，将头歪向一侧。

“真是不好意思啊，这件是练马美术馆预订的，野口先生的作品基本上做一件卖一件。”

见杨哲面露不悦，石井立刻转移话题。

“杨先生是通过什么渠道知道野口先生的呢？而且，杨先生为什么想要收藏野口先生的作品呢？”

“那要从和歌山的庭院说起了。”

石井好奇地望着杨哲。

“那里最初是战国时期哪个领主的府邸，后来一直是大地主的宅院，再后来就成了哪个大企业招待客人的会所，和自民党[1]还有些渊源，第一次中介陪着看房，在长廊里看到安倍和他弟岸信夫[2]到访时的照片。除了这些，很多房间都摆着艺术品，是原房主，一个快九十的老头留下来的。就在重新装修前，我请一个长辈过来做客，他儿子对日本艺术很在行，一眼就认出挂在大厅正中间的那幅油画是藤田嗣治的真迹，他听说我要把那里重新装修，就告诉我要认真对待那幅画。至于那老头为什么没取走它，没人说得清，可能就是老糊涂了。”

说到这里，杨哲喝了口茶，润了润嗓子，这时才发现茶杯出自名家之手。

“不过几天之后，老房主就找上门来，说想要走几幅

---

[1] 自民党，自由民主党，一个历史悠久的日本政党，政治立场偏向保守主义，现任首相安倍晋三即自民党籍政治人物。

[2] 岸信夫，旧姓为安倍，被过继给自己的舅父岸信和，故改姓岸，曾出任参议院议员、外务副大臣、防卫大臣政务官等职务。

画。我问他要哪几幅，他装模作样地先选了几幅不痛不痒的行活儿，兜兜转转，点到了那幅藤田嗣治。他随口瞎编，说那几幅是故交送的，不值钱，只是有特殊意义。你知道的，房子一旦售出，里面剩下的东西就全部属于买主了，所以我名正言顺地把他回绝了。过了半个月，老房主派来亲信，说愿以一千万买回那幅藤田嗣治。说实话，这价儿让我挺吃惊的，原以为也就是一两百万的东西，不过他能开一千万，那说明它的市价至少几千万，我当然又没同意，当中国人都傻呢，我要卖也没道理卖给他对吧？”

杨哲停下，命小金将最后几句直接翻译，他知道小金为了不冒犯对方，总会软化自己的语气，加入大量敬语，甚至改变原意。

小金唯命是从。

石井连连点头，慨叹杨哲的运气。

杨哲注视石井，突然笑了。

石井不明所以，却不好意思过问。

笑了一会儿。

“我把那幅藤田嗣治送到亲和拍卖，拍了将近五千万，这一下子我那房价的十分之一就回来啦！”

石井再次感叹。

“这件事带给我一些灵感，我既然可以利用各种资源，通过各种途径赚钱，为什么不动一动艺术品的脑筋呢？以前和艺术打了二十多年交道，屁没捞着，快把它忘了，突然让我白来了几千万。于是呢，我开始钻营日本艺术，起初是古董，后来是传统艺术，现在觉得当代艺术还处于价格洼地……”

杨哲所说属实，起手不到一年，顺风顺水，除了留下少量心爱之物，大件卖给熟人，卖不掉的送传统春秋拍；小件的，一些待挖掘的年轻艺术家的作品，就送微信拍卖，极少砸在手里。就这样，倒卖艺术品成为他赴日后的新营生，虽然赚到的数额无法和过去相提并论，但是他急需在新环境中找到突破口。

“没想到杨先生也是个从事艺术工作的人啊！令人钦佩，也难怪给人感觉这么在行。”

“谈不上，对于日本艺术还是门外汉，全靠大量画册、杂志、理论类书籍补课，看不懂的话，就让他帮我翻译。”

说着杨哲瞟了眼小金。实际上，即便有小金翻译，能理解的也很有限，毕竟他只是老美院出身的国画人，离当代艺术过于遥远，哪怕是与尚处于雏形的日本当代艺术体系也有距离。

“他还帮我搜集展讯，看得上眼的就买。不过，选择还是集中在相对传统的领域，要具象，有鲜明的日本元素，最重要的是做工精致。”

“所以野口先生的作品进入了杨先生的视线，对吗？”

“我还记得那本画册叫《武士的现代生活》。”

“是二零一四年由青幻舍出版的。”

“一本画册里大大小小都是武士模型，非常有趣，我让小金翻译了画册后面的文字内容，了解到这个艺术家还很年轻，但已经成名了将近十年。我还让小金上网搜索，了解到他最有名的是零九年的一组作品，穿名牌盔甲的武士。”

“是香奈儿盔甲。”

杨哲“哦”了一声，他对名牌一窍不通。

“那组可是被美国大都会博物馆收藏了呢。”

“小金很快替我打听到代理他的画廊，就是你们玉森。”

美奈子第三次走进房间，往每个人的茶杯里续水。这次小金注意到她的手，柔若无骨的手。石井发现不知不觉已经过去了一个小时，他从没有浪费超过二十分钟接待陌生人，他和最好的朋友河屋先生见面也不会超过两个小时。

“桌上这件，我好像在画册里见过，叫什么来着？”

“不会，不会，这件是野口先生新做的。”

“哦，新做的……”

“我们画廊还代理了其他几位艺术家，您要不要看看？”

“不用。”

“这一年来，杨先生还收藏了哪些艺术家的作品呢？”

“会田诚，山口蓝，天明屋尚……”

“是这样啊，听起来都是三潴画廊代理的艺术家呢，他们代理的作品都很贵呀！”

“还可以吧。”

“杨先生您可能不知道，野口先生也是天明屋尚先生的忠实粉丝呢，他在二零一零年根据天明先生的画创作了雕塑《白虎》，您知道是哪张吗？”

石井站起身，从办公室取出一个扁纸盒，小心地打开。

“这是三潴画廊代理的重要艺术家的代表作，是印刷品，不过这些对于我来说已经很贵了。”

杨哲对印刷品没兴趣，草草翻阅之后，看了看手表，一个多小时了，他累了，烦躁起来。

“现在，就现在，有没有能卖给我的、野口的东西？我不相信就这一件。有件事你要明白，我不是只惦记买你一件东西的人，我是要买十件一百件的人，如果能有个让人舒服的开局，那么以后野口的东西根本不愁卖！”

“真是抱歉呐，可是现在预订名单上已经有一百多人了。”

“我可以加钱！”

“这让我很难办呢……除了别人预订的作品，我这里确实还有三件，不过要留到明天的艺博会，不能现在卖掉它们，否则对其他买家不公平，而且就算在艺博会上，每个买家也只能选择一件作品。”

“东京国际艺术博览会？……”

石井点头。

“你肯定不记得了，石井先生。”

“您是指什么？”

“这不是咱们第一次见面。”

听了，石井紧张起来，皱眉，歪头，表示不解。

“去年的艺博会上，咱们见过面，我去晚了，你告诉我，他的作品在一分钟内就卖光了。”

“欸？真的没有印象，那次接待的人实在太多，万分抱歉啊，没能让您称心如意。”

“不赖你，赖他。”说着，杨哲斜了一眼小金，“我让他向相熟的画廊要入场卡，他拿错了。话说也是他妈奇怪，看个预展，还分出三六九等来，结果我们晚了一个小时才入场，等找到你们展位，什么都没剩。一气之下，我在别的展位花掉两千多万，买了一堆看不懂的东西，什么堀浩哉的，山口晃的，现在都不知道扔哪里去了。”

“唉……真是不好意思，能提前沟通一下的话，就不会发生这样的事了。”

“所以今天我们来了。”

小金插话。

“请问，野口先生的作品目前是什么价位？上次，价签已经被遮住了，只标着 POR[1]。”

“野口先生的作品每年的涨幅还是很稳健的，目前他的小作品，也就是十厘米高的售三十万，中号三十厘米售一百万，大号六十厘米售两百万。”

杨哲急着表态，说不贵。

小金哭丧着脸追问。

“那么除了艺博会就没有其他途径能买到野口先生的作品了吗？”

石井继续发出“嗞嗞”的吸气声。

“要么就将杨先生的名字加入轮候的买家名单，要么就只有去艺博会上碰碰运气了，先到先得。”

---

[1] POR，即 Price On Request，需向卖方询价。

既然石井已经把话说死，杨哲认为没有继续交涉的必要。

“好吧，那就明天见！”

“冒昧地问一句，您是 VIP 入场卡吧？您知道有三个规定的档次，三段不同的入场时间吗？”

小金肯定地点头。

“太好了。上次一分钟内就抢光了，这次请杨先生务必早到。”

杨哲率先站起身，伸出手，石井不敢怠慢，却没想到杨哲的握力这么大。

“先到先得？”

“先到先得。”

美奈子已恭候在会客室外。与她擦身而过的小金报以腼腆的微笑，杨哲建议两个助理交换联系方式，以便日后沟通。道别声中，杨哲阔步走出玉森的大门，在石井与美奈子的目送下，向街对面禁停区的一辆黑色商务车走去。

“您觉得这两个人怎么样？”

石井望向杨哲微驼的背影。

“不好猜啊，感觉像个骗子，至少是个口若悬河的人。你觉得呢，美奈子？”

“我不喜欢这个人。当我对他微笑的时候，他只是看着我。”

沉默片刻。

“明天会看到他们吗？”

石井想了想。

“也许，但是不要紧，只要不是前三个到场的人就可以。”

美奈子点头。

“也不可能是。”石井又说。

2

三月的东京，雨说来就来。过一条马路的工夫，就下大了。杨哲一言不发地坐在副驾驶位置，目光越过小金，望着街对面的玉森画廊，石井不在了，美奈子还在。

“我刚才没说什么不该说的话吧？”

“语气能再柔和一点就更好了，不过已经比去年好了不少，况且您不是还有我吗？”

汽车发动，玉森和美奈子一同消失在身后。雨更大了，路人慌张地奔向沿途的咖啡馆和便利店。

“别看石井人模狗样的，假得要命，他那种从容不迫的微笑真让人腻歪，而且这人看起来跟艺术不沾边，完全就像个商人，和游艇城那帮人没区别。”

“是是是。”

“可能……也跟我没什么区别。”

“您跟他们可不一样，您比他们有艺术细胞啊！而且，跟了您一年多，还不知道您学过画。国画吗？在哪里学的啊？”

“美院附中，然后是美院，后来还在那里教过课。”

“欸？您以前是老师？”

“三年多而已。”

“为什么不教了？”

杨哲没回答，只是望向昏暗的窗外，唯一明亮的是那些交错在表参道两旁的透明伞，水母群一样。

“石井的助理，那个小姑娘叫什么来着？”

“美奈子。”

“挺漂亮的。”

这次没有搭话的是小金。

“你们多走动，长期从他们画廊收东西的话，用得着她，知道吗？”

小金连连点头。

杨哲不放心，再次向小金确认能否首批入场，小金耐心讲解，告诉他这次东京国际艺术博览会和以往不同，入场卡只分两种，四点到六点是所谓VIP预览时间，然后是公众开放时间，只不过在四点入场的VIP之中又分为网络提前登记和现场登记两种。小金很积极，已经替老板和自己做了网络登记。

“明天我会早点过去，尽量排在队首。”

“别再出什么岔子，不然让石井看笑话。”

小金保证。

第二天上午，小金便赶到东京国际会展中心。当时布展还没结束，他乘扶梯来到展厅楼上，环绕中庭，寻找玉森画廊的展位。找到时，那里还空荡荡的。他买回一只饭团，守在那里，透过会场巨大百叶窗的缝隙窥探。这次一定要让老板得偿所愿，他暗下决心。十二点一刻，石井和野口一同来到展位，小心地取出展品，在展柜前摆弄，寻找最佳陈设位置，对窥探者毫无察觉。正如石井所说，一共三件展品，然而，不管如何努力，甚至拉近手机镜头，小金也无法看清它们。他拨通电话，将会场上的情况汇报给正在赶来的杨哲。

一点左右，石井和野口将作品收回箱子里，离开了展位，也许是去吃午饭。据小金观察，他们自始至终没说几句话，都是肢体语言，是太熟悉彼此，还是产生了分歧，感觉不出。等到将近两点，他们也没回来，小金独自来到展会入口开始排队。

根据指示牌，会有两条 VIP 队伍，左边一条是已经完成网络登记的，右边一条没有，他排在了左边，第一个。很快,两条队伍都长了起来,不到三点就望不见队尾,他环顾四周，衣着严谨的工作人员忙碌于最后的准备工作，其中一个高个瘦子吸引了他的注意，笔挺的鼠灰色三件套，金丝眼镜，油亮的背头……可即便如此，还是一眼就认出那是个中国人。

不久，杨哲赶到了，一同排在队首。

“这再买不着就真活见鬼了！”

“是啊是啊。”

“知道他们的展位在哪儿了吗？”

“知道了。”

三点四十五分，艺博会名誉主席安倍夫人完成致辞不久，工作人员收起杨哲面前的一米线，示意他们这条队入场，虽然还不到四点。就这样，杨哲和小金成为了第十二届东京国际艺术博览会第一个和第二个入场的人。

第一个出现的买家完全出乎石井意料，他甚至短暂地愣在那里，不知是惊讶于为何能有人在三点四十五分入场，还是这两个其貌不扬的中国人真的是 VIP。不过，这种惊讶被迅速隐藏，在以夸张的动作表示欢迎后，他向附近展位的画廊主介绍，称杨哲是来自香港的藏家。

趁小金应付石井和美奈子的工夫，杨哲自顾自地挑选起展品，很快相中一件名为《微笑》的作品：一个满面愁容的中年武士，披挂一身枣红色铠甲，右侧佩盾上绘有黄色笑脸。

“我要这个了，你告诉他们。”

杨哲对小金喊道。

小金的复述让石井看起来有些为难，他没立即答允，只是和美奈子低声商量，而后，美奈子甜甜地望向小金。

“请再等等，等到四点。”

小金向杨哲转述，杨哲扬了扬眉头。

“等就等，不差这一会儿。”

在附近徘徊片刻，回到玉森的展位，杨哲向野口征得同意，给即将收入囊中的作品拍了张照片，他的习惯。

低头看了看表，四点整。杨哲举起手腕晃动，向美奈子示意时辰已到，小金随声附和，同时指向《微笑》，美奈子小跑过来确认了这笔交易。

“好的，没问题，这件作品是杨先生的了。”

心满意足的杨哲正准备离开，大约二十个上班族模样的男女同时冲到了玉森展位。他们狂吼着，全力探出身体，伸出手臂，争先拍打摆放作品的展柜，宣示占有，不顾形象，毫无修养。“我要这个！这个是我的！我要那个！那个是我的！……”喊叫声此起彼伏，场面混乱，有人被挤倒，单膝跪地。

看来石井提到过的主力买家杀到了，杨哲心想。可不管怎么说，自己心愿已了，他沾沾自喜，命小金看好《微笑》，以免被人群撞落。小金得令，趴在展台上，张开双臂将它护住，和它脸对脸，看那甲胄，大袖、腹卷、笼手……太精致了；再看那体态、五官、眼神……竟与杨哲有几分相似。

“我要这件！”

一位不知道这件作品已被售出的女子高喊。

小金恭敬地回道，“已经卖给我们了。”

女子狠狠瞪了小金一眼，扑向另一件作品。

“我要这件！”

一位老人冲过来，小金用肩膀架开他，礼貌告知此件已售出。老人不服，嘟囔着“凭什么？”转身去找美奈子理论。

期间，石井被簇拥着凑过来一次，向小金确认是否有意购买《微笑》，全无公布作品归属的意味。确凿之事瞬间飘忽，小金不安地望向美奈子，她正疲于应对为到场次序争执不休的一众买家。

杨哲只是冷眼旁观。赴日两年，当地人的这一张面孔依然陌生，而这么多人在同一时刻歇斯底里，更显恐怖。反倒是被包围的石井，看上去格外冷静，不失风度。

小金挤过人群，拼尽全力引起美奈子的注意。

“那件作品已经是我们的了，对吧？你们确认过。”

她肯定地点头。

“对，石井先生已经答应把它卖给你们了。”

小金安下心来。

忽然，展位正中的石井高声宣布用划拳决定作品归属。

划拳的决定虽然荒唐，小金却不以为然，笃定是针对其余作品。

石井先来到另一尊中号作品跟前，将手轻轻搭在展台上。

“有哪位想要这件？”

在场约二十人，奇怪的是只有两个站出来，一位身着藏青色套裙的女子，一位上了年纪的光头男子。

“一二三！”

石井高喊。

“剪刀石头布！”

两个竞买者握紧拳头，身体大幅后仰，再猛然前倾，投石机般甩出两块石头。女子的头发随那摇摆松开，却毫不介意。紧接着第二局，两块布，女子为自己尖声呐喊，光头男子也不示弱，大喊加油。两人深呼吸，稍作调整，第三局，石头对剪刀。男子惨嚎，瘫软在地；女子振臂欢呼，扎在裙子里的衬衫被抽了出来。

杨哲尽情欣赏这难得一见的丑态。然而，随着石井把战火引到《微笑》跟前，旁观者心态瞬间消失。

“这件有谁想要？”

石井高声问，没往杨哲和小金这边看一眼。

“我！”

只有一个人，一个标准上班族打扮的中年男子。

小金拦住石井。

“不是说好这件归我们吗？”

石井脸色突变，不再像之前那般和善，显得很不耐烦。

“什么？没有啊？我们要一视同仁！”

跟着他又指了指那位中年男子。

“何况这位是 VIP！”

“我们也是啊！”

“这位先生已经在外面等了很久！”

“我们等得更久！我们可是排在第一的！”

石井没再纠缠这个问题，只是反问小金是否放弃竞争。小金回望杨哲，等待指示。此时的杨哲已经气得说不出话，干瞪着眼。两年来他从未在日本遇到如此令人难堪的时刻。

小金本想请杨哲亲自上阵，这样即便失利也不至于挨骂，可眼瞧老板毫无反应，又经不住石井和围观者催促起哄，不得不自己动手。他深吸一口气，摆好架势。

围观者骤增，相邻展位的工作人员也凑了过来。

石井高喊。

“一二三！”

“剪刀石头布！”

“剪刀石头布！”

“这不公平！明明是我们先到的！”

小金转而向石井抱怨，石井没再理睬，率众买家移向下一件作品。

“别丢人现眼了，走吧！”

杨哲呼唤小金。

小金羞愧地回过头，看得出杨哲正强压怒火。

再一次划拳开始，美奈子从人群中挤过来，不停鞠躬，满眼愧疚。不公啊！先到先得啊！小金重复着。可显然，作为打工者，美奈子无能为力。

杨哲不接受道歉，也没心思光顾其他画廊的展位，包括已经约好的。他气得腿软，径自往出口去。而小金，像做错事的孩子，保持几米远，跟在他身后。走出大门，停住，杨哲试图平复情绪，但做不到。小金打算回去找石井理论，恰巧美奈子追出来再次道歉，小金再次强调不公，杨哲只是转身背对她。

乘扶梯来到会展中心大堂，杨哲找地方坐下。

“我就是想要那个！”

他终于开口说话了，像孩子话。

小金再次冲入展厅，寻找和自己划拳的中年男子，做最后努力，看那人会否心慈手软，让出作品。但不知是划拳时太紧张，没记住那人的脸，还是展会里那样打扮、身型、长相的人太多，他在 AB 厅转了两圈，却不知在找的人是谁。

已过六点，会场内的人数已是先前的几倍。小金不甘心，回到玉森展位继续申诉。那时多数买家已经散去，展位前恢复平静。野口正在为购得最大尺寸作品的一对夫妇讲解创作意图，指着自己脚上的鞋，说与武士所穿同一款式。

风暴已过，石井的态度稍有好转。

“啊，对不起！对不起！这样好了，等野口先生有了新作品，会优先考虑你们！你们想要什么尺寸的呢？野口先生的画作也很不错喔！”

在这里，示弱总会换来示弱。

“啊，这样啊，都可以，要具体再看。”

石井笑眯眯地从桌上拿起一本《武士的现代生活》请野口签了字，跟着又从抽屉里摸出两个武士锡人，一同塞给小金。

“送给你们，不要钱，不要钱！”

说到这里，小金注意到，一旁那对夫妇回过身，轻蔑地瞟了自己一眼，随后转身讥笑。

是不是全日本所有的讨厌鬼都是玉森画廊的买家？

小金想。他捧着赔礼回到杨哲面前，转述了石井所说的每一句话，包括歉意。

杨哲不为所动。

“日本人的道歉？屁也不是！把手上这些东西还回去！”

小金面露难色。

“还回去！操他妈的！拿这么点破烂儿就想打发我吗？是在侮辱我吗？”

小金不敢吭声。

杨哲没再逼他，起身向会展中心的大门走去，小金悄然追随。

天色已晚，杨哲没有拦车，快步走着。他只穿了春夏质地的西装外套，然而此时还能呼出白气，浑身酒气的职员和他擦身而过，被他用肩膀狠狠撞开，那人回过身，喊着“嘿！”他头也不回。小金不明白杨哲为何如此愤怒，或是沮丧，那不过是笔一百万日圆的买卖。

杨哲徒步回到赤坂，路上越想越不对，电梯里，恍然大悟。

“当时现场涌进来差不多二十个人，可为什么每一件作品只有两三人参与划拳？其他人是来参加赛跑的？”

小金不语。

“是托儿！我操他妈！你看到其他画廊老板看着你们划拳，有多羡慕吗？就是做给他们看的，就是为了在圈子里扬威！”

小金还是不作声，尽管也觉察事有蹊跷，但不敢肯定。

也许太过激动，路上又受了凉，回到公寓不久，杨哲开始发烧。上次发烧是在什么时候？少年时代？到北京求学之前？他倒在床上回忆，在小金的照料下昏昏睡去。那晚，一个熟悉的梦境时隔多年再次出现，昏暗没有尽头的走廊，一道道没有关严的门，门缝宽窄不一……

屈辱感像一条蛇，缠绕这个画面，越缠越紧，场景开始扭曲、变形，他感到窒息，他惊醒，喘着粗气，身下的床单湿透了，晨光从窗帘缝隙漫进来。那是和中介约好给女儿看房的日子，可他根本爬不下床，只得由小金代劳。回到公寓，小金发现野口的签名画册被撕成碎片，堆在垃圾桶里。杨哲斜靠在床上奋笔疾书，那是给玉森画廊的信。

致玉森画廊：

关于昨天在贵画廊展位受到不公平对待的事件，我们认为有继续申诉的必要：

1. 上次拜会贵画廊时，石井先生明确表示目前只有在东京国际艺术博览会现场以先到先得的方式才能买到野口先生的作品。石井先生强调，上届艺博会，作品在开幕后一分钟内就被一抢而空，所以如果想买，这届请尽早到达。为此我们做了充分的准备。

2. 我们所持的是 VIP 卡，也就是黑色卡。

3. 由于本届艺博会推出新的 VIP 登记制，预先进行网络登记的 VIP 可以享受最优先入场的待遇(Priority Line)。为了能第一时间入场，我们做了网络登记，并在三月十六日当天下午两点开始在入口处排队。入口处有两条队伍，一条登记 VIP 优先入场队，一条未登记队。

4. 我们排在登记 VIP 优先入场队的第一和第二。

5. 因为有优先入场权，我们得以在三点四十五分入场（另一条未登记队是四点入场），并第一时间来到贵展位。

6. 来到展位后，我们第一时间选定希望购入的作品，但被石井先生告知需要四点整开售。我们愿意遵守会场规则，恭敬等候。

7. 四点一到，我们重申选定的作品，美奈子表示可以卖给我们。

8. 四点零二分，排在未登记队伍的约二十几位买家同时来到贵展位前，为此我们再次向美奈子确认，并得到肯定答复。

9. 四点零五分，你们突然改变主意，让我们和比我们晚到的买家划拳决定这件作品的最终归属。这位同样想得到这件作品的买家，是那二十几位买家里最后到达展位的，比我们晚到将近二十分钟。

10. 我们表明反对划拳，而应该遵循世界法则，也就是石井先生早前强调的“先到先得”，但石井先生当时明显偏袒本土买家，强调他是VIP并且很早就在外面排队。难道我们不是VIP？难道我们两点开始排队，还比他提早近二十分钟到达展位没有任何意义？

11. 迫于当时不划拳就等于自动放弃购买权的压力，我的助手小金被迫划拳，并失去了购买权。也就是说，第一个到达展位的人被莫名其妙地剥夺了购买权，这是让人难以想象的。在我心目中，日本和中国香港一样注重规则，至少注重排队，但昨天的遭遇让我误以为身在非洲。

东京国际艺术博览会面向国际，而不是日本本土，如果你们只想把作品卖给熟悉的本土买家进而私下交易，我完全可以理解。但既然参加国际博览会，就应该遵守国际规则，像这样既想把艺术品卖给熟悉买家，又想利用博览会的国际影响力，通过上演买家争抢提升画廊知名度的手段非常恶劣。如果最终得不到公正的结果，我们会：

1. 向东京国际艺术博览会组委会投诉。

2. 尽全力将你们恶劣的营销手段扩散开，无论在中国内地、香港还是日本本土。

请贵画廊在三月十八日前给我们一个让人满意

的答复，否则我们将于三月十九日向组委会提出正式投诉。

杨哲命小金把信译成日文。小金浏览，谨慎地提出建议。

“咱们最好不要提非洲，有差别嫌疑。”

“不要改，那就是我当时的真实想法！”

小金点点头。

“还有，您现在是还想得到那件作品，还是想跟他们彻底闹翻，出口气？因为那件作品现在也只是被预订，还没付款，也许还有回旋余地，但您最后两段话对于日本人来说太重，还有些威胁的意味，恐怕会激怒他们。”

“我还怕他们了？我看人一向很准，那老板就是无赖，欺软怕硬的主儿，跟他客气是什么下场，你也看见了，人家当你是个屁！不管那么多，就直接译！”

小金没再多话，着手翻译，偷着删掉了涉及非洲的部分，并加入大量敬语。

按下发送键的小金呆坐在那里，忐忑，不好的预感。

杨哲将他唤到床边，交代了另一个任务：重返艺博会，一是为开幕当日的失约向相熟的画廊道歉，二是向组委会投诉。这时小金才明白，杨哲根本没打算等石井表态。

次日一早小金便回到展会现场。探明小金代表一位中国藏家而来，前台找来了海外发展部总监，正是开幕那天着鼠灰色三件套的中国青年。

“您好，我能为您做点什么？”

“我们是来自中国的藏家，遭到了日本画廊不公正的对待，我们觉得很有必要让主办方知道。”

“竟然有这样的事？实在很遗憾。不过，希望您能谅解，我现在太忙，您加我微信吧，把整件事情的经过告诉我好吗？”

加了微信，对方递上名片便急着走开了，似乎另有任务。

上网搜索这个叫马然的青年，一无所获。微信里，小金复述了当日遭遇，之后点开马然的朋友圈，最近两条是某艺术网站对他的采访内容，标题是《中国藏家到访将成为本届东京国际艺术博览会的重要话题》，《努力把声音传到中国是我加入艺博会第二年的愿望》。

这个年轻人可靠吗？小金琢磨着，请示仍在发烧的杨哲，是否绕开马然，去找他的上司。杨哲想了想，说不用，还说对中国人客气一点，碰上日本人不要客气。挂断电话，小金摸出需要道歉的画廊名单，其中几家将杨哲视为开幕当天最重要的客户。

“石井凉介先生啊？你们是得罪不起的。”小岛优子女士笑眯眯地望着小金，“他们画廊很成功，业界影响力很大。”

很不幸，事后小金把这句话转告了杨哲。

小岛优子是银座老牌画廊福马的老板娘，那是曾经代理过奈良美智和金子国义的画廊，现在她手上还握着稻叶友宏和金卷芳俊这样的年轻王牌，在东京艺术圈地位不低，能让她说出这样的话，玉森画廊应该真的不简单，小金想。

“欸，难怪有恃无恐。”

“而且握有那么强的艺术家，真是让人羡慕啊！”

超出羡慕，她的表情出卖了她。

小岛女士补充。

“据说有很多画廊试图挖走野口，但都失败了，不得不佩服石井先生的手段呢！”

“是啊，真是很多人喜欢野口先生的作品呢！听说等候名单上已经有一百多人了呢！”

“这倒是真的，不过里面一定有鬼！”小岛女士还是笑眯眯的，“我先生十年前就在那名单上了，现在还没等到一件！我先生为此也很生气！”

“是有些过分呢！细想想，让我们划拳也很过分！”

“是这样。不过，在日本，很多老派人确实还会用划拳解决争端。”小岛女士一顿，“听杨先生介绍过，您也在日本很多年了吧？”

“马上就二十年了。不过说起来，被逼着划拳还是第一次。而且杨先生认为，石井先生很明显地偏袒本土买家，或者说偏袒本土的某几位买家，但是他又利用我们制造这种买家争抢的场面，借艺博会的国际声望扬名。”

“啊，这么说来确实有炒作嫌疑呢。一直很奇怪，每年开幕，他们展位都是乱哄哄的，总是第一时间有很多人冲到他们那里，昨天我也看到那里围着很多人。”

“真是惭愧呀，当时我应该正在中间划拳呢！”

“可是，金先生，别看我们画廊经常去中国的香港、台湾参展，有不少海外藏家，但那也是我们的女儿接手之后才开始的尝试。过去，只是我和先生经营的时候，手段也很老派。其实在日本做画廊都是这样，看起来再国际化也还是很保守，都只盯着眼前积攒的那点声誉和几个大客户，如果现状不是太差，维持现状是大家会尽一切努力去做的，有时那种努力可能已经过大了，足够开辟一片新天地了……”

在准备告辞，前往另一个展位，向另一位画廊主道歉和抱怨之前，小金对小岛女士说，“很高兴您今年展出的作品已经都卖掉了，我们也松一口气。”

“金卷芳俊的作品虽然不及野口畅销，但是也留不到第三天啊！”小岛女士笑着，“我先生在东京艺博会的组委会里有熟人，我会问问他有没有更好的解决方法。还有，可以投诉，但是最好不要用‘投诉’这个词，在这一行，大家看到它之后情绪总是不那么好。”

“我们会留意的。”

“祝杨先生早日康复。”

小金逐个寻找需要道歉的画廊展位，但无论选择哪条路，都绕开玉森，避免与石井和美奈子相遇。三潴画廊，最后一个任务，在上届艺博会上，杨哲在这里花掉上千万日圆，算是他们最大的客户。本届他们送展的作品出自棚田康司，杨哲的收藏对象之一，可惜，五件作品昨日便已售罄。再次道歉，再次重复被不公对待的经过之后，小金买下了一件纪念品，戴纽扣项链的女孩，不为杨哲，为自己七岁大的女儿，她会喜欢。

道歉任务完成，小金缓步离开展厅，上到二楼，环中庭一周才掏出手机，检查收件箱，石井的回信赫然其中。与杨哲的预想相反，措辞强硬，而且令人奇怪，那是一封英文信。小金揣测，之所以用英文，是在提醒他们，他们是异乡人。石井不认为两个慕名而来的异乡人会构成威胁。

杨先生：

本以为在误会发生之后已与您的助理谈妥，双方已达成协议。为表示歉意，我也赠送了画册及纪念品给您。不想竟收到您这样的来信，真令人大失所望。

这些年为了生意我每年都会去几次香港，交了不少朋友，所以当第一次见到您的时候，我也非常期待能跟您成为好朋友。您对日本艺术的热情，以及您礼貌得体的言行举止，都令我非常欣赏。直到收到您的这封来信之前，我们都认为，以您的人品和性格，您无疑将成为我们画廊最重要的 VIP 藏家之一。昨天野口先生来展位时，我还特地告诉他，他即将拥有一位来自香港的新 VIP 藏家。

因此，老实说，收到您的来信让我很伤心。

您坚持认为：

1. 因为您是以艺博会 VIP 的身份进入会场的，所以您拥有购买作品的优先权。

2. 先到先得的游戏规则在没有充分理由的情况下被临时换成了划拳。

3. 我们选择将作品卖给日本客人，而不是国外买家。

以下是我们的回应：

1. 这跟我们毫无关系。艺博会的VIP不等于就是我们的VIP。您在现场的时候，很多我们的VIP也在。他们其中一些每年在我们画廊的购买金额超过一千万日圆，而且大多都是野口先生的粉丝，从他成名之前就开始支持他了。

2. 您也知道，我们原本是打算像往年一样，一到下午四点就以先到先得的方式出售作品，这样是最公平的，因此我们也提醒了您要尽早到场。然而事与愿违，当天您也看见了，有近二十位买家同时冲到展位，场面非常混乱，对作品安全也构成巨大威胁，我们才决定改为划拳。

3. 您会这样看待我们画廊，让我感到非常失望。我有大概半数的客人都是外国人，很多来自中国香港，跟我关系都很好。我将你们和那些长久以来慷慨支持我们的老客户一视同仁。划拳输了的那几位 VIP 都挺不高兴的，但他们还是尊重我的决定。我们也在和野口先生商量，看今后能如何补偿他们。可是，我很抱歉，恐怕我们无法再为您做什么了。

同时我必须补充，您大可以去向艺博会投诉我们。倘若他们胆敢向我们画廊做出任何形式的警告或者处罚，我们今后将不再参加东京艺博会。请您务必将此话转达给他们。

石井

看完信，小金不住摇头，本想尽快了结，却适得其反，事情必然会继续下去，朝不可知的方向发展。他将邮件原封不动地转给杨哲。

信里，石井把责任全然推给自己，令杨哲气恼不已。他没有立刻回复小金，从床上吃力地爬起身，到厨房接了杯水，靠在椅子上，不多时，有了计划。

“那傻逼玩意儿留下了把柄，他不是不把艺博会放在眼里，还威胁说要退展吗？你把他这段话截下来发给组委会，我现在什么都不要了，我就要让他明年退展，我就让艺博会给他发警告！”

“可是我听福马和儿玉画廊老板说，玉森画廊势力不小，石井敢说出这样的话，证明艺博会可能不敢得罪他。”

“所以那个姓马的很可能一点用都没有，要给艺博会施压！”杨哲有些激动，咳嗽了两声，“玉森他们有势力，我也有关系，一会儿会有两家媒体给你打电话了解具体情况，你跟他们仔细说一下，把话头往歧视中国买家上面带一带。”

连声应和着挂断了电话，小金发现不知何时已来到玉森展位上方，身旁巨大的白色立柱是此刻唯一的掩体，他一个跨步躲在后面，小心地探头向下张望。美奈子不见踪影，只留石井孤身坐在展位一角，动也不动地思考着什么，神情落寞，也许是意识到那封内容过激的回信会招来麻烦，也许。小金猜着，加快步伐离开了那里，同时把剪切后的回信通过微信发给马然。然而不出杨哲所料，直到晚上，马然那边都没有任何动静，反倒是两家媒体积极响应。

先是国内某卫视主管艺术新闻的主编，在电话中大致了解了情况后，迅速拟好新闻稿，不过在发布前，她想采访一下东京艺博会的相关负责人，可直到最后马然都没理睬她。后来在小金浏览马然朋友圈时发现，他和该卫视驻东京首席记者私怨不浅。

真正推动事情发展的是中国另一家主流电视台，他们派雇员与小金接洽。小韩，日本通，处理类似纠纷得心应手。当他了解整件事的经过后，以记者身份在第二天上午给马然和玉森画廊去了电话。

马然本打算置之不理。耗过这最后一天，本届艺博会就算是圆满闭幕了，不成想接到这家电视台的电话，让他多少有些慌张。

“艺博会这边也很为难，玉森的势力不小，如果他们明年退展，会带走一批和他们要好的参展画廊。藏家是我们的客人，参展画廊也是我们的客人，两边都不好得罪。不过我们还是会积极协调，请再给我们一点时间。”

马然还说：

“我自己就是从你们电视台出去的人，知道你们的影响力。而且‘3 · 15’刚过去，大家都看到了，近期国内舆论还蛮针对日本的，所以请千万不要声张此事。”

马然话锋一转。

“不然你们一报道，一定会惊动大使夫人，她可是艺博会组委会委员，闹开了对谁都没好处，我可不想丢工作啊！”

获知马然的态度，杨哲非常满意，让媒体介入绝对是明智之举。不管马然如何软硬兼施，都说明他怕了，在整件事里，需要有人首先恐慌。杨哲请小韩三小时之后再给玉森去电话。

“给组委会和玉森留一些打架的时间。”

三小时之中，马然给小韩去了电话，打听杨哲的情绪有否好转之外，表示正在调查为什么杨哲和小金会在三点四十五分被放进会场，还说本届艺博会只有一种VIP，只能四点入场，登记VIP没有提前入场资格。杨哲猜这是石井向组委会抱怨之处，他们正在交锋，相互推诿。

三小时之后，玉森画廊主石井的态度发生逆转，他道歉了，而且面对记者恭恭敬敬，一会儿说是误会，说完全没想到事情会闹成这样；一会儿说非常愿意和平解决此事，表示会尽力满足杨哲的要求……小韩在第一时间将石井的示弱传达给杨哲，等待杨哲提出和解条件。

大病一场的杨哲感到疲惫，火气也消了大半，于是在给小韩的回电中表示：第一，书面道歉必不可少；第二，只想得到本该属于他的作品，如果有一方注定被得罪，就让石井去得罪另一方；第三，万一要不回来，请画廊拿出存货弥补。

再次联系石井后，小韩告诉杨哲，石井会与得到《微笑》的买家沟通，但将它讨回的几率太低，而且画廊千真万确没有存货。杨哲冷笑，小韩也表示怀疑，但对方一口咬定，毫无办法。

“石井说他一定会把下一件野口完成的作品交给你们。”

“一个当面都能耍赖的人，让我怎么相信他在电话里的承诺？请转达这句话。”

听到这句话的石井并不羞恼，只是请求宽限三天，说如果杨先生不再信任自己，请至少信任野口，他会请野口亲自提出解决方案，并做出书面承诺。

三天？杨哲并不满意，他怀疑对方有意拖延，因为这条新闻的时效性很快将随明天的闭幕过去，只是小韩保证会全力跟踪事件后续，才没再纠缠。

“傻逼玩意儿，一年买个一千万日圆就能拿来吹牛逼啦？见过钱吗？小日本儿！……你客观点，别因为我给你开工资才捡好听的说，我这样子是不像会在他那里每年花一千万的人吗？”

“您平时太低调了，日本人很势利，而且只懂看日本人，不懂看中国人。再说，您也知道，日本的艺术品市场从二十年前就开始萎缩，到现在每年愿意花一千万在一个画廊的可能真算是大客户了。”

杨哲低头扫了一眼自己的着装，将手头的酒一饮而尽，这时一瓶清酒已经见底。

“您还没完全退烧，少喝一些吧。”

杨哲充耳不闻。

“对了，我看见您把那本他们给的画册撕了。”

“看着来气。”

“后来也是觉得挺来气的，您当时没看见，石井反复说着画册不要钱，好像他理解的中国人特别容易被‘免费’打动。”

“钱串子脑袋！还有那帮不知道是托儿还真是买家的傻逼玩意儿，一说划拳，就都跟着划拳啊？……不是我说你啊，小金，你当时就不该划拳，叫大会工作人员来解决，也没后面这堆破事儿！”

“是是是，我也后悔。可能在这边太久了……”

“嗯？”

小金指了指杨哲身后，杨哲转过头，居酒屋一角的电视里正播放着综艺节目，摄制组在一个拉面馆门口安排了一列假装排队的人，在暗处偷拍，不知情的路人排在队尾。假扮的拉面馆店员向那队人发布荒诞的店规，例如在选择拉面口味之前必须报出爱慕的女星；吃面之前必须挨个检查舌苔；必须边唱店歌边完成一套广播操才允许进店吃面，等等，十次实验，仅一人没有从众地完成那套指令，其余九人都是别人如何自己如何，要求再荒唐，也绝对服从。

“在这边生活久了，很难不被改变。”

“在这里住多久，我也现在这样，不信就走着瞧！”

杨哲说着气话，继续豪饮，他有些醉了，口齿不清。

小金再次劝说。

杨哲仍不理会。

相邻几桌同时达到沸点，杨哲通红着脸，半睁着眼，侧目看着那些狂欢中的上班族，两个穿着廉价套装的中年男子似乎正在为是否点一瓶最便宜的獭祭而争论。

“我是主动走人的。”

小金云里雾里。

“美院那帮杂碎让我背黑锅。”

小金意识到这是杨哲在回答自己那天从玉森出来之后提出的问题。

“进美院任教必须是研究生毕业，我只是本科，多亏贵人相助，就是去年过来玩，住在和歌山家里的吕叔，他找了当时管文化的大领导，领导给院长去了推荐信，这么着我才进去，虽然算是走后门，不过我确实是系里成绩最好的，毕业创作，先生鼓励我们画长卷，要求别人是五六米，对我高标准严要求，让我画十米，结果你知道我画了多少米吗？三十米！”

说着，杨哲举起自己的右手。

这时小金才发现他的无名指轻微变形。

“就是那次落下的。”

“所以您这是太优秀，被破格录用，算不得走后门。”

“好景不长，没两年一个受贿的系主任在阅卷的时候阴差阳错没帮上忙，结果整个美院被那个考生家长威胁，虽说很快就安抚住了她，可影响造成了，深挖的话会牵出一串人，院领导决定踢人出来背黑锅，就相中了我。那年，推荐我的领导正好退休。你说这帮孙子有多坏吧，我当时也就刚够资格参与阅卷，根本拿不了主意。”

“所以您离开了。”

“不走人，就背锅。后来听说他们找了另一个年轻老师当替死鬼，把他调到分院干后勤，一直干到现在，真他妈惨！”

“幸亏您没答应。”

“幸亏我没答应。不过就算没这么一档子事儿，混到现在也还是个上班族，住望京，每天蹬车上下班，然后拼命把女儿培养成和自己一样的废物……当年，真觉得进美院教书是最好的着落。”

“为什么会这么觉得？”

“没跟你说过吗？我爷爷是个画国画的，我爹是个军旅画家，靠国画在体制内混碗饭的念头扎得太深……”杨哲神色落寞，忽又振作，“不过，现在看来，我还是更适合当一个他妈的有钱人！”

杨哲仰头喝光杯里的酒。

“最高艺术殿堂？狗屁！尔虞我诈，你死我活，只盼着升官，各个心理扭曲。我的一个老师，几年升不上去，每天就靠羞辱学生来发泄，后来我当了老师，他成天拿过去那些事在我的学生面前挤对我，操！真是不以为耻反以为荣。”

说完，杨哲长叹。

“我好像从来没跟谁说过这事儿，后来，玩命往上爬，赚钱，通路子，只要人家的门留了一道缝，再窄我都能钻进去，无论姿势多难看……”

“所以您才有今天的成就啊！”

“俩糟钱儿，在国内屁用没有，惹不起的人还是不少啊！不过呢，这两年该进去的也都进去了。”

话到这里，戛然而止，在醉酒状态下更显不自然。

小金之前隐约猜到他移民日本的原因，没想到有一天他会主动证实。

“五十的人了，少点气受，日子平静点儿，比什么都强。”

“所以说，日本还是很适合您啊。”

“我也这么以为……”

杨哲招呼服务生又点了一瓶酒，之后想起什么，冷哼一声。

“石井这个人……我惹不起？哪个画廊的人说的？”

“福马的老板娘。”

“谁谁谁惹不起……我都不知道自己是不是为了躲这句话才搬到日本的。”

“这句话？”

“对，不是躲人，是躲这句话。”杨哲自言自语，“没想到在日本听见格外搓火。”

小金默然。

“你觉得是福马老板娘实话实说，还是有意挑拨，想借刀杀人？”

“您的意思是她也不是善类？”

“不，如果她有借刀杀人的意思，反而算得上朋友，也许用得上。”

沉默片刻，小金探问杨哲接下去的打算。

“就等他三天，看玉森那边还有什么花招。”

三天里，杨哲退烧了，眼瞧着瘦了一圈。替女儿看了另一套根津美术馆西面的公寓，一层，带一百平米的庭院，不到三亿日圆，什么都好，唯独马路对面就是青山墓园，杨哲心里过不去这道坎。

连续三天，杨哲都梦到那些或宽或窄的门缝。

道歉信准时出现在第四天中午，那一早，杨哲因为庭院的改建问题，已和小金身在和歌山。信的语气还算诚恳，至于为何由英文改用日文，或许因为示弱，杨哲揣测。

杨先生：

这次我们实在是太失礼了。

您这次为了收藏野口先生的作品，专程拜访我们画廊，并亲自赶赴艺博会现场排队，结果却搞成这样，我真的万分抱歉。对不起！

电视台那边已经跟我沟通过了，您的要求我和野口先生也都已经清楚了。野口先生非常感谢并且珍惜像您这样支持他的藏家。让您对我们产生如此巨大的误解，我们感到非常难过。

都怪我，如果我能事先预料到现场会出现那样的混乱，提前采取措施，并且及时向您解释清楚情况，就好了。真是万万没想到会发生那样的事情。对此，我必须再次向您表示诚挚的歉意。

我们会信守跟您的约定，野口先生将在今年秋天之前专门为您制作一件作品。

另外还想多说几句。

近年来日本当代艺术市场一直在缩小，日本本地的藏家数量在减少。因此我们明白，如果想要作品卖得好，只做日本人的生意是绝对不行的，海外藏家真的很重要，不仅是中国市场，我们也在竭尽全力开拓东南亚和欧洲市场。

说这些，也是希望能得到您的理解吧。

如果可以的话，希望来日有机会再向您当面道歉及讨教。

石井

以下是野口先生给您的邮件。

杨先生，我是野口拓哉。

这次很失礼，非常抱歉。

画廊在与先生的沟通中产生了误会，没有跟您建立良好的关系，我感到非常遗憾。

我考虑了一下，就此事有些自己的想法和建议，想告诉您，所以给您写了这封邮件。

首先，非常荣幸您会想要收藏我的作品。

由于我的制作速度很慢，让很多人，包括您，久等了，给大家添麻烦了，十分过意不去。

我与玉森画廊合作了十年，对石井先生的为人有一定的了解。我相信这次事件对他来说是不得已的决定，他想要平等对待包括您在内所有在场的重要藏家。这样的结果，相信他的内心也是很痛苦的。希望能得到您的谅解。

今年秋天之前，我想专门为您制作一件作品。

作品的尺寸和主题，您有什么想法吗？有什么要求请尽管告诉我。

您也可以随时联系石井先生。

但愿大家能把这次的误会解开，成为好朋友。

我一边祈祷今后的美好关系，一边投入到新的制作中了。

野口

道歉之外，邮件里还有一张野口亲笔绘制的小图，一位武士微笑地捻着一支象征和解的白樱。唯一令小金不解的是，野口的来信同样发自石井的邮箱，杨哲认为这是石井的惯用伎俩，切断外界和野口的一切联系。

“看来石井把野口看得很紧呐！信上还说什么？什么时候能完成？”

“秋天之前。”

“秋天？”

杨哲来到电脑旁，亲自回信。

石井先生：

首先，我愿意公正和平地解决此次纠纷。

我喜欢野口先生的作品已经很久，收藏野口先生的作品是我的心愿。在去年的艺博会上发现贵画廊代理野口先生的作品，非常兴奋，故今年提早拜访，并表达收藏野口先生作品的愿望和诚意。在我的收藏计划中，不只是想得到野口先生的一件作品，而是希望从现在开始，直到野口先生无法创作的那一天。

身边很多朋友被这两年我对艺术收藏的热情感染，也开始对艺术收藏产生兴趣。我知道贵画廊在香港已经拥有一些客户。如果有需要，相信我有能力帮助贵画廊打开中国内地市场，让贵画廊代理的作品在知名度和价格方面得到提升。

其次，我不希望野口先生为道歉而特别为我制作作品。这是对双方的不尊重。我不希望破坏艺术家的创作节奏，希望野口先生按照自己的节奏创作，然后让我从中挑选喜欢的作品。

尺寸方面，我希望能得到一件大型作品。这次展会我是从三件大型及中型作品中选中《微笑》的，所以也希望到时让我从至少两件大型作品中选择。

作品主题方面，出于对艺术家的尊重，我不想干预。

时间方面，“秋天之前”定义太模糊，就九月之前吧，这样我也好安排今年下半年的行程，到时会亲自到画廊挑选作品。

为表示诚意，我愿意先支付一部分订金。

杨哲

以往石井不收订金，但这位让人信不过的中国买家另当别论。再者，野口一年最多完成三件大型作品，被几个得罪不起的客户盯着，怎么可能分给圈外人？目前首先要照顾的就是练马美术馆的奥田明雄先生，年底的馆藏展还缺不少野口的作品。

于是，石井在给杨哲的回信中，仍只有道歉是明确的，剩下的一切承诺都非常含糊，仿佛回到了媒体介入前：我们会将野口先生制作的下一件作品留给阁下。

“下一件作品，我不喜欢怎么办？你跟他说，野口每做一件，就给我看一件！而且一定要九月前！”

杨哲命小金继续回信。

石井先生：

谢谢您的回信。

既然目前无法确定野口先生在秋季之前会创作出什么样的作品，那就按您说的办法进行，野口先生每完成一件作品，就麻烦贵画廊发图片给我，看看是否是我想要的。

这是目前能想到比较合理有效的办法。我希望能让之前的不愉快尽快过去，开启双方今后长久的友好合作关系，相信您也是这样想的。

请转告野口先生，我非常期待看到他的新作品，但也请他务必保重身体，切勿过于劳累。

保持联系。我会让小金在近期拜访贵画廊，并附上订金二十万日圆。

杨哲

二十万是小金和美奈子电话协商的结果。小金在周末独自回东京送支票，那天石井不在，只留美奈子接待。

美奈子照例把他请到会客室，捧出备好的茶。交换了支票与收据，二人交谈起来。

“真是不好意思啊！”

“真的不知道怎么就闹成这样。”

“事情总算过去了。”

“有句话不知道该不该问，我很好奇，石井先生他到底是个什么样的人呢？”

“他是个好人，这次真的是一场误会。”

“我在想，如果杨先生他没有去找媒体，石井先生会觉得自己做错了吗？”

“他本来也没做错什么呀，在场的大家都愿意划拳，只有金先生和杨先生不愿意，本来问题就出在你们身上，现在我们也只是认为这是习惯不同而惹出的误会。”

“……你们有没有想过，根本不是划拳的问题，而是石井先生他两次出尔反尔，他说先到先得，他说卖给我们，可最后都反悔了，这才是问题所在，不是吗？”

“金先生要是划拳赢了，不也就没这么多麻烦了吗？”

这让小金颇感意外，没想到玉森画廊上下根本就没有认识到错在哪里，或者根本就不懂或不能认错。为避免争辩下去的尴尬，他跟随了美奈子的玩笑话。

“是啊，听说杨先生打算派我在下届艺博会上再争一件野口先生的作品，在那之前，我会好好练习划拳。”

“说起来，这次误会发生得真不是时候。”

“为什么这么说？”

“这段时间，野口先生和石井先生正好有一些摩擦，野口先生不满石井先生过度干涉自己的创作。”

“石井先生做了什么？”

“比如规劝野口先生将更多现代元素注入作品，复制零九年的辉煌。大家都知道那样比较好卖，但目前的野口先生更希望通过武士自身形态传达现代感，不愿只靠在前胴画香奈儿标记这种低级把戏来取悦买家。还有，野口先生很反感创作节奏被打乱，可是石井先生偶尔会站在重要藏家的角度，为野口先生设定明确的创作时限……”

“所以？……”

“所以，因为你们，石井先生需要又一次给野口先生设定创作时限。”

“但这本可以避免。”

“发生得不是时候。”

“代理商和艺术家总会有一些摩擦吧。”

“可是玉森和野口先生的合约明年一月到期。这让石井先生很紧张……”

美奈子脱口而出，说完似乎有些后悔。

“我不应该告诉你这些的。”

“我不会声张。”

“那么，杨先生呢？好相处吗？”

“杨先生他很爱说话，性子比较急，人还是很好的，很慷慨。”

“有句话想说，别见怪，你们第一次来画廊做客的时候，我以为你们是父子。”

“为什么会这么认为？”

“我……我也不清楚。”

“杨先生长我十几岁而已。”

“杨先生成家了吗？家人也在这边吗？”

换作旁人，小金必定不会透露，然而此刻面对的是美奈子。

“杨先生和妻子分居很久了，妻子没过来。杨先生有个女儿，在美国读书，毕业后留在那边工作。”

“美国读书啊？厉害啊！”

“杨先生的女儿看起来和你差不多年纪，我见过她一次，还有她的未婚夫，人都很好，不过杨先生似乎并不喜欢他未来的女婿。”

“为什么？”

“未来女婿跟他女儿是美国的大学同学，长得不错，但学习不行，懒散，不求上进，好像还差点被大学开除。杨先生这么大的家业，交给他俩不放心。”

“这么说来，杨先生真的很有钱？”

“为什么这么问？”

“不，是石井先生，他对杨先生的第一印象也许是错的。”

“说真的，玉森画廊和中国人打过交道吗？除了香港人之外。”

“并不多，都是些慕名而来的中国年轻人、游客、留学生，都是模型爱好者。”

“那么目前为止，有没有卖给过他们任何人呢？”

“他们很多人都是进来询价的，但是石井先生不允许我透露。”

“为什么？”

“不太清楚啊。”

美奈子当然清楚，石井不肯轻易透露价格，是认定这些中国年轻人买不起。他的观念还停留在经济泡沫破裂前夕，斋藤了英[1]那些大亨四处搜罗国内外名作的九十年代，大手笔购买艺术品的只会是富有的日本中老年人，不可能是中国人，或者年轻人。

美奈子微笑着低下头，不多时。

“可是，像杨先生这么富有的人为什么要离开中国呢？”

小金明白美奈子为何会有这样的困惑，时至今日多数日本人依然认为，中国人移民日本只会是为赚辛苦钱，

[1] 斋藤了英，日本静冈县出生的企业家，曾在纽约佳士得拍卖中心以天价购得梵高作品《加歇医生的肖像》。

过上比国内更好的生活，至于杨哲这样一批特殊时代的产物，在他们的经验之外。

与之前相同，是否回答，小金迟疑，但那双被黑色线条重重勾勒的杏眼似乎具有魔力。

“你知道中国在进行反腐运动吗？”

美奈子摇头。

“运动中，有些和杨先生有往来的官员被抓，虽说他没事，却也担心受牵连。”

“那么他为什么会选择日本呢？”

“杨先生说过，他过去很不喜欢日本，前些年女儿想叫他来日本玩，都会被呵斥。你不知道，他们那代人都有些反日情绪。”

“是什么让他改变了主意？”

小金刚要回答，却噗嗤笑出声来。实际上，其中缘由是去年年末某次醉酒后，杨哲无意透露的。赴日前，杨哲先后考察过英法德三国，都因为水土不服而放弃。最后他拗不过旁人劝说，决定来日本看看。看过觉得什么都好，唯独过不去自己这关。进退维谷之际，母亲病危，临终前把他唤到床边，道出深埋于心几十载的秘密，杨哲的外祖父是满铁的工程师，是一个日本人。得知真相的杨哲并没有愤怒或羞愧，反倒是那四分之一的日本血统令他如释重负。就在母亲离世第二天，便拟定了移民日本的具体计划，从此不提反日。

“杨先生真是个有意思的人。那么，如果说杨先生的外祖父是日本人，他不是应该还有日本亲属吗？”

“请侦探社在找了，杨先生也很想找到他们，可是线索不多，只知道姓氏和大概位置。”

小金笑着将话题引到别处。不久聊到羽生结弦[1]，本以为靠这个话题能够和这个年纪的女孩拉近距离，谁知美奈子丝毫不感兴趣，主动聊起了摩托车。

也许美奈子认为小金并不像他的老板那样令人生厌，所以没有拒绝他的邀请，在离画廊不到两百步的“祖母的苹果派”共进午餐，用餐时他们一直聊着野口。小金

[1] 羽生结弦，日本男子花样滑冰选手，曾获二零一八年冬季奥林匹克运动会男子花样滑冰冠军。

得知，野口家有三兄弟，野口最小，老大学的是景观设计，老二学室内装潢。三兄弟的父亲和石井是旧相识，两家十分要好，玉森画廊的室内外设计就是交由野口两兄弟完成的。

“野口先生是个内向的人。”

“看得出来，他很像我的一个大学同学，少言寡语的宅男，家里堆满了他制作的二战德军模型，还有收藏的纳粹军装、军章、战刀。说话时却不敢看人眼睛。”

美奈子琢磨着什么，好一会儿。

“野口先生确实不常出门，甚至不怎么用电话，如果石井先生需要了解创作进度，通常都是派我找上门去。他每天有一半时间躲在工作间制作这些武士。”

“一个执著的人呐！”

“杨先生也是啊，为了自己想要的东西……”美奈子感慨，继而又问，“那么在九月之前你们会一直待在东京吗？”

“可能还是四处奔波，听说杨先生过几天要回一趟国。”

现在的杨哲是不会轻易回去的，回去只会是为打通日本的财路。因为和歌山与京都的庭院，一个离码头很近，一个离高尔夫球场不远，他打算通过熟人联系国内电视台体育部，每年在那两处举办一些海钓和高尔夫球赛事，这样一来顺理成章地将庭院出租给参赛者和电视台，同时赢得和歌山县与京都府的支持，进而打通地方政府的关系。

高尔夫球场已经买下，流程简单。实际上日本有大量空置的高尔夫球场急待脱手。相较之下，收购码头困难得多，直到杨哲返回日本，卖家也没表态。他急切地等待着，连同与石井的九月约定。

等待中，和歌山庭院的改建工程接近尾声，唯独后院溪边一片荒地未经开发，考虑数日，杨哲决定在那里建一座棋苑，定期举办中日围棋对抗赛或本地将棋赛事。几通电话就有了眉目，正满心欢喜，事情却急转直下，只因整座庭院早已被列作历史遗迹，修建新房必须得到当地政府批准。

3

八月的一天，烈日当空，两山之间涌入滚滚热流，冲刷之下，眼前的庭院摇曳不止。小金下了饺子，杨哲歪在大厅的榻榻米上，透过一排玻璃拉门，遥望院中忙碌着的管家河野。他年过七旬，受雇于上一位房主，家住半山，儿子无业，嗜赌，全指着老父亲养活，还债。家访后，杨哲给他提了三成工钱，自此对杨哲感恩戴德。那天，河野正和几个临时工把横跨池塘的拱桥漆成红色。杨哲觉得，明艳的色彩在院里逗留的时间总是太短，樱花一落，只剩满园灰白。

“改成红色也不错，对吧？”

“您说得没错，和后院溪涧上的木桥颜色呼应。”

“河野耙这些圆圈真是好手，我参观了这么多庭院，没见过耙这么圆的。”

小金没搭话，凝望那些漩涡状沙纹，出了神。蝉鸣，工人间只言片语的交谈，杨哲吧唧着嘴，只有这三个声音出现在耳边。

“昨天您好像很晚才睡吧？我听见您在院子里东奔西跑的声音。”

“是啊，昨晚屋里进来一只狸猫，想抓住它，没抓住，那东西跑得特别快。好像还偷了我一包烟。”

“狸猫？”小金睁大眼睛，望向杨哲，“来日本这么多年，还真没见过。”

“昨晚之前我也就见过一只而已，它还开了家画廊。”

“您这么一说还真是，石井那家伙长得是有些像呢。”

“玉森那边有什么风吹草动？”

“前天刚刚跟美奈子通过话，提醒他们咱们没忘这件事。”

“到现在可是一样东西都没给咱们看过呢吧？”

“是啊，我也说了，她说野口的创作规律就是这样，做足准备工作，画很多草稿，做很多小模型。”

“这是那个美奈子跟你说的？”

“是啊。”

“你觉得她的话靠谱吗？我怎么觉得那小丫头片子也满嘴瞎话呀？”

小金不曾因为杨哲的训斥而恼火，这句却令他有所不悦。

“我跟她接触了几次，还算靠得住。”

杨哲瞟了一眼小金。

“她还说什么了？”

“她还说，石井的意思是过两天先给野口这半年画的草稿办个展览，就在玉森画廊，还问咱们会不会出席，那些草稿都是出售的。我告诉她，杨先生很忙，边角料就不要打扰他了，等有大件成品再过去看。您也是这个意思吧？”

“石井那傻逼玩意儿是有多缺钱啊？……不过，日本艺术家好像真是大钱小钱都要赚的。你就跟进吧。”

“我一直盯着呢，隔几天就会登陆画廊的官网，野口的脸书，还会搜索野口的关键字，从侧面观察有什么动静，别有作品了还瞒着咱们。”

杨哲点点头，拿过小金放在榻榻米上的碗，帮他盛满饺子回来。

“你喜欢那小姑娘？”

小金一愣，回过神才知道他指的是美奈子。

“她挺可爱的。”不知为什么，这句说了日语。

“说她可爱。”杨哲笑着，“还有呢？”

“她有男朋友，好像还是暴走族呢。”

“什么暴走族，不就是小流氓吗？”

唯有蝉鸣的片刻。

“也可能不是狸猫，是獾，我总是分不清这两种东西，就是挺凶猛的，叫声很奇怪，尤其是我把它闷在被子底下的时候。”

“我记得您在上届艺博会上，从福马画廊买过一件木雕，那个就是狸猫，您见到的是不是那东西？”

“对，就是那东西，但要瘦一些。那件木雕不错，你确定咱们收到了吧？”

“确定，印象很深，是日本榧木做的，底座很沉，当时要好几个人抬，现在在京都的仓库里。”

“那个艺术家叫什么来着？土屋仁応？”

“中里勇太。”

“你倒都还记得啊？”

“因为当时和那个艺术家聊了很久，他跟我同年。我还记得那件作品叫《湖上的恶意》。您还记得吗？当时画廊老板娘觉得这个名字和背后的故事对于中国买家来说不吉利，还不让艺术家告诉咱们呢，但艺术家没忍住。”

“还有这么一出儿？真不记得了。”

杨哲低头吃光了碗里的饺子。

“什么故事啊？”

“有一篇童话《咔嚓咔嚓山》，讲的是一只狡猾的狸猫被一只更狡猾的白兔折磨致死的故事。”

杨哲笑起来，笑了很久，目光重投耀眼的户外。

这时，粉刷桥栏杆的河野忽然看到什么，扬手做出驱赶的样子，顺着他注视的方向望去，三个小学生不知何时从没有关严的院门溜了进来，站在门房前面，半张着嘴向院里张望。河野放下蘸满红漆的刷子，冲过去，边嚷着，“出去出去，这里不是公园”，边推他们的书包。孩子们说着不好意思，灰溜溜地调头离开。河野是为在雇主面前表现尽职尽责，但孩子们艳羡的神态也令杨哲颇为得意。他爬起身，叫上小金，趿拉着鞋跑出去，在大门外叫住了三个孩子。

孩子们见追出成年人，有些害怕，慌忙认错。

“对不起，我们以为是个公园。”

“跟他们说，愿意来就来，叫上朋友都可以。”

听了小金的翻译，三个孩子相互望了望，咯咯地笑起来，深鞠一躬，飞也似的跑掉了。

回到院内，杨哲吩咐河野不要再赶走想进来参观的人，转身又告诉小金。

“要和本地人搞好关系。”

说完，杨哲缓步走到大厅最深处的屏风前，盘腿坐下，双手摩挲着膝盖，自言自语地重复着一句话。

“已经回不去了。”

四天后，另一个百无聊赖的下午，斜卧在玻璃拉门前的杨哲望着竣工在即的前院发呆，不久想到后院又开始发愁。昨天上午，有个当地人不知从哪里听说杨哲开发后院荒地的计划受阻，找上门来，说能帮助疏通地方政府的关系，没提钱，但显然就是来要钱的。

“我去查了一下昨天那个人。”小金盘腿坐在杨哲身边，“只是山下便利店的老板，乍看没有特殊背景。”

杨哲点点头。

“还有，”小金继续汇报，“之前提到的野口的手稿展开始了，我在玉森的官网上已经看到了比较详尽的现场照片。”

“有雕塑吗？”

“石井还真没骗咱们，全是手稿，都是几万日圆的东西。”

杨哲面无表情地听着，没有任何表示。

一位戴眼镜的中年女士悄声立于院门前，毫不起眼，即便是河野也过了很久才注意到她。探问来意，女士微笑着回答，河野下意识回望杨哲，忽又记起什么，将两扇院门完全敞开。反复致谢后，女士走出院子，转眼将一个又一个的小学生方阵领了进来。几十人在前庭列队，在那位女士的带领下开始参观，环绕整座宅邸，从前院经白沙地，池塘，拱桥，回廊，来到后院，再经栈道，小溪，回到前院。孩子们很安静，队伍一旦停下，只会笔直地挤在踏脚石上，避开白沙。

“人太多了，不然该把他们叫进来看看我那些标本，孔雀，熊……孩子们肯定喜欢。”杨哲自说自话，跟着又感叹，“日本小崽子还真是规矩啊，你说也不会每条都是别人教的吧？也没见老师提醒只能踩石头不能踩沙地，是吧？怎么会每个人都知道？”

“欸，真是的，可能是互相影响，互相监督吧，别看是孩子，也是小心翼翼地活着呢。”

“我都不知道不能踩沙地，自己都踩了多少回，就图个近。”

小金没再接话，望着孩子们齐齐向河野道谢，最后一个孩子躬身走出院门，河野慈祥地站在院门口向外挥手，转身关上院门，笑容直到很久之后才完全消失。

“你女儿也在上小学吧？”

“和他们差不多大。”

“最可爱的时候。”杨哲叹息，“平时上学也穿这种校服吗？”

“嗯，帽子不一样，其他差不多。您女儿呢？在旧金山工作还顺利吗？”

“她那算什么工作……在联合广场一个什么百货公司里当买手，好像还是个跟班儿。”

又是叹息，不知何时起，谈及女儿必然伴随着叹息，从她离开自己去美国读书，还是有了现在的未婚夫？杨哲不清楚。

“孩子自己高兴就可以了。”

“就怕她后悔。你见过她那个未婚夫吧？”

“见过，挺帅的，大高个儿。”

“家里有点钱，孩子就能永远长不大，女孩儿就可以永远迷恋俊男……”

“一直不知道他是干什么工作的？”

“说自己是自由撰稿人，从没见他发表过什么。我女儿刚在旧金山住下，他就跟过去了，每天什么都不干，就知道打游戏。”杨哲越说越不高兴，“去年我女儿管我要二十万美元换车，结果车没换，俩月钱就造光了。”

“他对您怎么样呢？”

“就那样儿……他具体是什么人，对我怎么样，我无所谓，倒是我女儿……”

“她怎么？”

“倒是没什么，上次去找她，尽职尽责地领着她爹见世面。不过，仅此而已了，生分了，没什么话说了，回来以后心里空落落的。”

去美国探亲的日子在杨哲的记忆里只留下一个画面：女儿快步走在前面，寻找接下来要去的餐馆、酒店、美术馆……杨哲能做的，只是尽力跟上。每次那个背影出现在脑海中，他鼻子就有些酸。

“美国也没个球劲。”他赶紧说。

直到此时，小金才真正明白杨哲为什么执意为女儿在东京买房，而且房子的吸引力要足够大。

“您女儿什么时候再过来？”

“她说明年春节。”杨哲低声道，“要抓紧时间了。”

杨哲听说，现在日本有钱人都带着设计师看房，设计师认为有改建空间，才会买下。于是在那个周末，他们再次回东京替女儿看房，并相约设计师同行，隈研吾事务所的渡边先生，也是和歌山项目的执行总监，由于在上海及杭州完成过多个项目，中文不差，和小金颇为投缘。

那天在中介的带领下看了六套公寓和一户建，都在南青山。最满意的是最后看到的位处四丁目的一户建，离表参道站徒步七分钟，建筑面积两百七十五平米，总价三亿七千八百万日圆。重新设计的空间很大，设计师建议买下它，价格在同区域偏低，中介竹内女士也建议买下它。杨哲楼上楼下地巡视，听渡边即兴描述着它未来的样子，回忆着女儿对室内设计的品位……一个小时后他订下了那里。

之后，请竹内与渡边在离房子不远的地方共进晚餐，表示感谢，尤其感谢竹内全心全意地替他找到满意的房子。竹内是大连人，上世纪九十年代和丈夫一起来到日本，考下会计执照，进入大房地产公司当会计，入籍之后考下房地产中介执照，自立门户，开始接待中国买家。前两年本已打算退休，但随着两个儿子先后考入大学，闲了下来，加上近年中国购房者暴增，便重操旧业。在日本，多数华人中介实际上只是挂靠在本地中介公司名下，真正持有行业资质的并不多，所以她不愁没生意，靠熟人介绍就已经忙不过来，杨哲正是这样认识她的，赤坂的公寓也是通过她才买到。

二十年前来到日本的中国人，只能靠无比艰辛的打拼才能留下，竹内曾不经意地在杨哲面前感慨，最完美的结局就是成为最平凡的日本人。而二十年后的今天，中国新移民所拥有的，却让多数日本人望尘莫及。她还告诉杨哲，今年经手的中国买家的房子没有一件低于一亿日圆，他们还只是偶尔来住。

“您没有入籍吧？”

“暂时没有。”

“大部分客户都是持五年多次往返的签证，一年可以在这边住半年，反而入籍的很少，和当年的情况真是不一样啊，我们把入籍当唯一目标。”

杨哲点着头，默默注视竹内，那天是她的大儿子见工的日子，她有些不安，每隔几分钟就检查一下手机。

“在日本把孩子养大也不轻松吧？”

“肯定比在老家累，为了带两个儿子，我中断了工作。在东京，又想带孩子又想工作，根本不可能。”

“是这样，我妻子已经辞职两年了。”小金附和。

“孩子入学以后更累人，不像在国内能把孩子扔给学校，在日本，孩子的妈妈必须全身心参与孩子的教育，学校每周都会组织亲子活动，老师管得也特别宽，甚至会观察孩子的便当，如果做得不认真，就会怀疑孩子的父母关系不和，可能因此家访。”

小金不住点头，“便当很重要，便当真的很重要啊，便当做得不好看，也会被其他同学排挤。日本人真的很奇怪啊。”说完这句话，突然想起有日本人在座，急忙转口，“哎呀呀，不好意思，不好意思，是某些地方有些怪。”

“就是很奇怪啊。”渡边自嘲。

“渡边不小气，你也不是小肚鸡肠的人，对吧？”杨哲随口打了个圆场，望向渡边。“小金刚跟我那会儿，一聊到朝鲜人啊，韩国人啊，我也是满嘴蔑称，过去好久才知道小金是朝鲜族。”

“我们是鬼子，我知道的。”渡边再次自嘲。

“说起奇怪的日本人，倒是接触过，一个叫石井的画廊老板。”杨哲说。

跟着，小金复述了几个月前的遭遇。

“在光是比谁更横、更不要脸的地方呢，遇到石井这种人，也不往心里去，小儿科。”杨哲无奈地摇着头，“在这边一久就松懈了，冷不防遇到一个就格外生气，尤其还是那种看着斯文有礼、穿着高级羊绒衫的。”

“是这样。不过话说回来，死不认错的家伙在我们日本可不算罕见呢！”

“我奇怪的是怎么会有人反复道歉却不知道自己错在哪里。”小金说着，想到和美奈子几个月前的对话。

“当我们日本人道歉的时候，不见得清楚自己做错了什么，那只是一种从小被培养出的警觉，一旦察觉到周围的气氛需要自己道歉，就立刻道歉。”

也许是真的喜欢那栋房子，或者是认定女儿喜欢，杨哲迫不及待地付了订金，然后和过去一样，让小金着手准备各种必要手续，和卖主约好三周后签约。他自己的任务则是将又一笔两千多万人民币转移出来。随着外汇管制力度加大，那多少变得困难了一些。

杨哲期待那座房子焕然一新的时刻，想象着女儿入住它的喜悦，期待着女儿为此常来东京，每次住得久些，甚至离开美国，常居于此。那一周，最令他兴奋的事情莫过于看到渡边发过来一个又一个的设计方案。女儿喜欢木头，就加大设计中木材的占比；女儿讨厌吊灯，就全部采用间接照明；女儿不喜欢植被，院里所有能砍的树都将被砍掉。

为便于和渡边保持沟通，加上手头上的几件事情都处于停滞，杨哲暂住赤坂，开始在东京游荡，为女儿物色可以填满房间的家具和摆设。一日，正在大江户古董市集闲逛，本该等在车里的小金挤过人流，神情复杂地将手机递了过来。杨哲随口问着发生了什么，同时眯起眼，端详屏幕，一个日本人的脸书。

“这是我搜索关键字找到的，这人去了野口手稿展，石井拿出两件野口的旧作给他看，是雕塑。他拍了照，发上脸书，还标注了作品名称。我查了一下，一件叫《武士之翼》，一件叫《月与星》，分别是一三年和一一年的。”

“所以，还是被石井骗了？几个月前他咬死说没留野口的旧作，现在又偷偷拿出来显摆？”

“会不会是向藏家借出来办展览的？”

“野口下一个展览定在年底，现在借出来干吗？你马上让小韩给石井打电话，问问这两件雕塑是怎么回事！”杨哲转念一想，“你写封信，让小韩转发。说九月马上就到了，可我们一件作品都没看到，这是怎么回事？另外，我们在网上看到野口的手稿展上有两件雕塑，这又是怎么回事？这两件作品当初不能卖给我们吗？”

经小金翻译后信变成了这样：

石井先生您好：

跟您约定的九月份快要到了，我们想了解一下野口先生创作的进度如何，是否已经有完成的作品可以给我们欣赏？另外，我们无意间在网上看到这次展览您拿出了两件野口先生过去的雕塑作品，我们对这两件作品都有兴趣，不知可否卖给我们？

杨哲

“您觉得石井那家伙当初为什么不肯把手头上的东西卖给咱们呢？”

杨哲没说话，只是无目的地走着，心不在焉地扫视着四周的摊位。

见杨哲没有反应，“会不会是他们画廊自己留下，打算送拍的东西？之前做过调查，他们在零七年和一零年都把自己的藏品送到过香港佳士得，最终的成交价要比在艺博会或者平时的标价高三成。”

“总之，压力没给够。”

施压没能取得预期效果，杨哲倍感失望，小金是对的，从石井一开始无礼的回信，到小金的暗示，都说明石井没有意识到错误出在哪里，自己的正当要求只会被他当做刁难，当做因为划拳失利而恼羞成怒，找媒体逼他认错，只会令他更加愤恨。

“有意思了，真他妈的有意思了。”

小金困惑地望着老板，不知说些什么。

“你觉得，我过来日本以后什么最多？”

小金本想说是钱，杨哲是自己见过的最有钱的人，但没好意思开口，只是摇头。

“时间啊！”

石井的回信比预计的更快，似乎就等在那边，依旧是日文，依旧中肯。

杨先生：

我们完全没有忘记和您的约定，野口先生正在全力为您制作作品，到时会及时发图片给您。三月到现在还没有完成任何立体作品，现在展出的全部是手稿，您在网上看到的会不会是过去的信息？

石井

"开始装傻。"

"您打算怎么办？"

"先等到九月吧。"

"可下周就是九月了。"

"那就先等到下周。"

在那一周里，杨哲考察了北方的三处水源地，切身感受计划已久的贩水生意是否可行。虽然此行大半时间都在游玩，却始终隐隐不安。到现在杨哲也没搞明白，与石井的纠纷为何令自己如此耿耿于怀。

九月飞速到来，石井果然没有如期提供任何选择。本在预料之中，却还是让杨哲大动肝火，正如他自己所说，出尔反尔的国人在他费尽心力之后终于不必再见，而日本人？……在某一瞬间，他甚至产生了找本地流氓去砸画廊的念头。小金建议请小韩二次施压，杨哲认为于事无补，上一次媒体介入适逢其时，现在离下届艺博会尚有时日，石井不会再怕。

“还有别的办法，你告诉过我，明年一月野口跟玉森的合约就到期了，消息可靠吗？”

小金坚定地点头。

“福马画廊老板娘，替我约她！”

4

福马画廊在举办金卷芳俊的个展。展览第三天，看得上的作品早已售出，但杨哲还是在老板娘和她的女儿充满期待的注视下，随意挑了两件，算作购买深入交谈的许可证。

老板娘的女儿有些害羞，和小金完成了购买手续，填好收货地址，便以准备茶点为由离开了。

“看不出来您的女儿已经这么大了。”

“是啊，”小岛女士慈祥地望着女儿的背影，“您可能还不知道，这家画廊已经是她的了。”

“看得出，是个能干的孩子。”

“她接管画廊后第一件事就是做了个网页，我们过去是没有网页的，我是说，谁会在网上决定花掉上千万？”

“我们看到的网页就是她做的？蓝底白框？”

“对呀，但是我跟孩子她爸都不太喜欢这个网页呢，太可爱了，我们现在的主要客户还都是中老年人呀。”小岛女士笑眯眯地看着杨哲，“您好像也有个女儿？她还好吗？也在东京吗？”

“托您的福，她很好，在美国，明年春节会过来玩，我希望能把她留下，在这边工作。”

“听起来可真是不错呢。”

“刚为她在南青山选中一处房子，打算买些艺术品替她装点一下。”

“杨先生可真是一位细心的父亲。不知道您对今天买下的作品是否满意？”

“很满意。”

说着对小金使了个眼色。

“杨先生如果想买艺术品，首先就会想到福马，”小金赶忙说，“除了口味一致，脾气也合得来，可有些画廊就不是这样了。”

“玉森还没有向你们道歉吗？”

杨哲保持沉默。

“道歉已经数不清了，”小金说，“只不过所有承诺都没兑现，石井先生他真是……当初说没有野口过去的作品给我们，后来证明他有。答应九月前给我们选择，一个都没给。答应九月我们会得到作品，现在已经过去……”小金低头看了看手机，“五天了，毫无音讯，而且我们在几个月前就付了订金。”

“还让你们付了订金？这种情况下是完全不应该让你们付订金的！”

“这个倒是我们要求的，以表诚意，但是诚意这东西对于石井先生似乎毫无价值。”

小岛女士犹豫片刻。

“石井先生的做事方法跟我们这些正常的当代艺术画廊不一样。”

小金的翻译让杨哲睁大眼睛，等待小岛女士说后面的话。

“石井先生他不是一直做当代艺术的，他过去是开古董店的，是个古董商，一度做得很大，后来不知因为什么，改行了。”

杨哲恍然，从初会就察觉石井是个和艺术毫不相干的人，在接触过的画廊主当中完全属于另类，究其原因恐怕就在于他和自己一样，是个彻头彻尾的商人，几个月来用错了和他打交道的方法。而正是这样的醒悟，促使杨哲下定决心做接下去的事。

“难怪，和他打交道觉得别扭。”

“上次艺博会的时候，我对金先生说过，要请我先生帮忙问一问组委会的熟人，一问才知道，对石井先生做事方法不满的人还真不少呢。”

“这个我相信，但是他运气好啊，有野口。”

“对，野口是他的王牌。”

“小岛女士，您有没有想过签掉野口？”杨哲低着眼，“野口和玉森的合约明年一月就到期了。”

小金的翻译令和蔼的表情从她脸上消失了几秒。

“当然有。……不过，我想如果失去了野口，石井先生会疯掉。而且，那又谈何容易啊，虽说石井先生得罪了很多人，但势力还是不小，强挖野口得罪的不止他一个。野口和石井两家还是世交，何况我们现在也没有能力给野口开出更好的条件。”

“我可以给他开出更好的条件。”

小岛心领神会，微笑起来。女儿端着茶盘走进来，将两种点心和抹茶分给大家。谁都会以为她只是美奈子那样的前台助理，不会是真正的画廊主。小岛女士的目光自始至终没从女儿身上挪开，直到她再次退出房间。

“我可能需要和女儿商量一下。”

“我听小金说过，您的先生也认识野口，不妨从这里入手。”

小岛女士沉思，似乎在掂量哪些话能说，哪些不能。

“不瞒您说，十几年前，野口刚从广岛市立大学毕业的时候，我先生是有机会签他的，是我先生错失良机。那时野口捧着大学时期的作品四处寻找画廊，还记得是一尊武士胸像，头盔是只螃蟹，好像叫海之幸，不起眼，做工也很粗糙，当时我先生没看上，谁知也就几年，他的作品一下子成熟起来。虽然当年被我先生婉拒，但两个人并没有闹僵，还保持往来。零六年吧，野口曾亲口允诺制作一件作品给我先生，却迟迟没有得到，十年了，我相信也是石井先生从中作梗。……”

话到这里止住了，她似乎有些生气。

待她平复，“所以说野口是可以通过我先生找到的。”

“那太好了，上次野口的道歉信是由石井的邮箱转发过来的。我相信石井不打算让任何人取得和野口直接联系的机会。”

“王牌啊。”小岛女士无奈地笑。

“那就拜托您了。”小金说。

“我会和家人认真讨论一下的，这是件大事。”

每次离开福马都会停下歇脚的地方，是街对面一间有着三面落地窗的咖啡馆。它很小，它允许烟雾充满自己，它老旧，似乎从六十年代开业到现在未曾翻新，杂物箱胡乱堆在过道甚至某张桌上，哪怕少一张桌子就少了六分之一的生意，年过花甲的老板也不在意。

杨哲也说不清为什么喜欢这里，密布霉点的墙角？

铺满烟头的地面？笼罩四周的烟雾？肮脏与无序令他松弛。

“石井这傻逼玩意儿原来是做古董的，”杨哲点上一根烟，慢慢吸起来，“咱们之前对他的态度全错了，哪里的生意人都一个操性。”

“您觉得福马会怎么回应？”

端起咖啡，杨哲抿了一口，还是那么难喝。

“这么个激进的主意，不好说，如果是小岛，拒绝的可能大一点；如果是她女儿，就可能同意。看福马真正做主的是谁。”

滚滚雷声打断了对话，二人一同将目光投向窗外，面孔随整座城市阴暗下来，大雨将至。

回到赤坂不久，小岛女士来电，约他们第二天在一家新的艺术精品酒店见面。

酒店距住处不过三个路口，建在斜坡上。在露台上找了张桌子，围坐下来，小岛女士回绝了昨日杨哲的提议，直截了当。

“我女儿认为现在争取野口并不是一个好时机。是这样，一个成熟画廊所代理的艺术家的强弱应该达到平衡，这么说不知道您能不能理解？就算最后真的能签下野口，也势必会破坏这种平衡，说不定会挤走其他艺术家，最后很可能变成如今的玉森，依赖一张王牌，这是大忌。更何况我们实在无意树敌，这个圈子太小了。”

杨哲微微点头，没说话。

“这次真是辜负杨先生您的信任了。”

小岛女士笑眯眯地向杨哲低了一下头。

“不过，这件事不是完全行不通。这也是为什么把您和金先生约在这里。我们可以推荐给您一个更合适的画廊。”

“是这里？”

“对，这里的老板也是我们画廊的一位客户，他是台湾人，在这里开了酒店，酒店有一半用作画廊，他正到处和日本艺术家签约。我现在把野口的联系方式给您，您要是有兴趣的话，不妨和他一同签下野口。”

不多时，台湾人现身，带他们参观酒店画廊。谈到合作，他不愿绕开介绍人，全程日语交流。

"我听说杨先生那里有野口先生的联系方式？"

杨哲不自觉地望向小岛，她此时保持着一贯且一无所知的微笑。

按照和台湾人的约定，杨哲命小金约美奈子见面，争取套出明年玉森与野口续约开出的条件。虽然小金觉得那几乎不可能，但还是以打听野口创作进度为由，硬着头皮和美奈子约在周末的六本木山见面。

南翔馒头馆的中餐很糟糕，碍于美奈子请客，小金只字未提。用餐时一直是她在说话，围绕电影和动画，小金插不进嘴，任务似乎难以完成。直到用餐尾声，她才聊到野口，聊到野口与石井的矛盾。

她说野口最近的创作热情不高，进入瓶颈期。过去每年做三件，每件都可以是大尺寸作品，都可以精雕细琢，可这几年在石井的压力下，他必须完成更多作品，所以不得不以中小尺寸为主，也开始偷工减料，更没时间去思考创作方向，这令他非常苦恼，甚至考虑离开玉森。

暗喜，美奈子为自己送上一个绝佳的发问时机，如此一来没有三个回合，小金顺利将话题引到了玉森开出的续约条件。本以为美奈子会有所警觉，谁知毫无防范，在某一刻，他凝视落入圈套仍滔滔不绝的她，心生愧疚，主动打断了她。

“这里有家很好吃的面包店，你去过没有？”

“欸？哪里？”

“跟我来吧。”

走出馒头馆，不远处的下沉式广场传来一阵骚动声，美奈子奔到栏杆边，探头向下张望，第二十九届东京国际电影节的参赛影片正在举行首映礼，有外国明星出席红毯活动。美奈子转头召唤小金，一位维持现场秩序的老人先于小金来到她身边，劝她不要站在护栏边围观，她抬眼注视老人，不知老人从那双眼睛里看到什么，走开了。

“这位女星是谁？”

“不认识啊。”

“是哪国的？”

“不清楚。”

“那么是哪部电影呢？”

二人东张西望，很快，在红毯尽头的显示屏上找到了正在滚动的英文片名。

“《昨日之花》[1]！”

不及等到日文字幕出现，美奈子冲口而出。

“不知道讲了什么。”

“突然有些想看呢！”

“去买票吧！”

计划改变了。美奈子飞奔向售票处，小金的目光追随着那头跃动的乌黑长发，快步跟在后面。售票员煞有介事地在电脑上查找，又取出插满排片表的文件夹翻找了好一阵，满脸歉意地告诉他们这一场的票已经售罄，而且不会再有下一场。

“首映的票当然不能在现场买到呀！”

美奈子如梦方醒，用手掌遮住两侧面颊。

[1] 《昨日之花》，克里斯·克劳斯（Chris Kraus）导演作品，曾获第二十九届东京国际电影节主竞赛单元最佳影片奖。

“太丢人了，太丢人了。那个售票员人真好，还假装找一找……太丢人了……”

小金就那样凝望她，不舍得移开目光。

那天他们看了另一场电影。电影沉闷，大部分时间，小金都侧着头偷看她，在黑暗中。

前思后想，他没有将美奈子透露的信息告诉杨哲，只是模仿着杨哲的口吻。

“那小丫头嘴很严。”

如此一来，台湾人只能以最好的条件去引诱野口。

一周后，见野口毫无音信，经过商量，台湾人发出了准备好的第二封信，退而求其次，争取野口的海外代理权。眼看又一周过去，杨哲焦虑起来，本打算派小金去见美奈子，探探野口的心思，却觉得就算他俩私交不错，但她无论如何都会站在石井一边，未必会透露有价值的信息，反而有可能将自己幕后主使的身份暴露。

等待回信的日子里，杨哲和台湾人碰过几次面，二人极少聊到野口，也许都感觉到希望渺茫。台湾人涉足日本当代艺术领域更早，认识的画廊主自然更多，他从中挑选了几位关键人物介绍给杨哲，包括吉井仁美画廊和竹蜷川画廊的老板。台湾人的慷慨令杨哲得到了渴望已久的四件加藤泉的木雕。作为回报，他将其中一件赠给台湾人，另外三件，打算留给女儿，摆在她的新房里。

也就在那段时间，敲定了新房的所有设计细节和施工报价，与装修公司签好合同，将外立面由土黄色更换成深灰色的申请也得到批准。在一个秋风淅淅的日子，工程正式启动，整座房子被绿纱精心包裹，如同等待女儿拆封的礼物。她那久违的笑容，如此热切地被期盼，为此，杨哲必须更加细心，以确保万无一失。

然而，隐患还是不识趣地出现了。就在几天前，一位姓田中的老人打电话到区役所反对开工，坚称会被打扰。打点邻居是设计师渡边的任务，区役所直接联系他，请双方自行协商。老人执意索要全套施工图和进度表，渡边拗不过，但也暗中调查了他的住址，远在一个路口之外，直线距离百余米。作为唯一的反对者，老人似乎连邻居都称不上，他想要什么？渡边疑惑，在几次电话交涉中，他的含糊其辞更让渡边无所适从，不得不将事情汇报杨哲。

“是在提醒咱们，打点邻居的时候，不要把他忘了。”杨哲不假思索，“规矩是什么？什么范围内的邻居才要打点？”

“相邻最近的五户。”

“那就把两个路口之间的所有邻居都打点一下吧。那是多少户？”

“十一户。”

“好，就这十一户。”

“可是那位田中先生不在这十一户之列啊！”

“嗯？那老家伙到底住得离我女儿有多远？”

“很远。”

杨哲迟疑片刻。

“不要理他，按时开工。剩下的事交给我，这两天有空儿，我去准备礼物。”

带着从虎屋买来的羊羹，杨哲和小金开始前后走访，由于只能在白天，开门的不是老人就是主妇，多数还算友善，有一些在见到礼物之后才友善起来，会提一些“装修到什么时候”之类的常见问题，偶尔会有人打听“你家里几口人？”“有没有婴儿？”“养不养狗？”之类的私人问题。小金重复着必然令人满意的回答，一旁的杨哲则不停地想着女儿和会一同搬进新房的未来女婿。这一对儿走到哪里就祸害到哪里，邻居有罪受了。如此一来，无论邻居的问题多么令人反感，他都投去同情的目光。

开工第三天，台湾人邀杨哲一同出席名和晃平的个展开幕。杨哲反感这位艺术家的动物雕塑，碍于台湾人是这位艺术家最重要的收藏者，才忍住大放厥词。期间，渡边来电，堆放在前门的工程废料没有及时清运，被匿名举报，区役所的人刚过来了解情况，还拍了照片。

“施工方过去怎么处理垃圾？”

“确实不能堆在路上，但是一天内运走，也从来没人追究，他们从来没遇到过这样的情况。”

“……匿名？”

“匿名，但是今天有一位穿灰色棉夹克、戴驼色鸭舌帽的老人在门口徘徊了好一会儿。”

“肯定是那个老头，叫什么来着，要礼物的那个。”

“田中贤人。”

“真他妈是个闲人！”

冷静下来，“一般来说会有什么麻烦？”

“也许会警告，也许会罚款。”

结果是罚款，金额不高，却还是把杨哲气得咬牙切齿。不过被麻烦的还是装修工人，自此，即便是从前廊拆下的废料也只能暂时堆放到后院，在一天工程的尾声，搬回大门口一次运走。担心继续遇到麻烦的渡边找杨哲商量，能否带着礼物上门拜访田中老人，谁料被毫不犹豫地拒绝。渡边不解，偷着打给小金，希望他能劝说杨哲。

“也就是一份点心的事情啊？”

其实小金也有相同疑惑，但他不愿冒险，他早察觉从赴日之初到现在，杨哲愈发不愿妥协，似乎在刻意和曾经的自己撇清关系。

“住在这个区域的怎么说也算是东京的富人，竟然会因为一盒点心……”

“细想我入行以来，也接触过不少奇怪的客户和施工方……”

“希望做到尽善尽美，让田中那家伙没法再找茬就是了。”

话虽如此，却谈何容易。那几日，灰衣老人不时出现在前后门口，拉开向渡边索要的施工图，仔细比对，寻找超出施工范围之处，以便随时举报。这为渡边制造了不小压力，尤其当工程延伸到户外，噪音不可避免地增大，锤击声叮叮当当，引来守在不远处的田中。这次他跳过区役所，直接报了警。

那天本打算乘新干线去大阪看房的杨哲一听说此事，立刻取消行程。在国内逃过一劫，到日本反而被警察找上门来，杨哲愤懑。赶到女儿的新房时，警察已经离开，树丛中的田中老人也不知去向，渡边一脸无奈地迎了出来。

“已经让工人们停下了,明天要将声音压得更低才行，不好办啊。其中一个警察偷偷告诉我，他们也很烦这位田中老先生，什么芝麻小事都会报警。还有，警察说老人是这片的居委会会长，不，是前任会长，但就算是前任，说话在这一带还是有些分量。所以我在想，您能不能带着羊羹去拜访一下他，如果您讨厌他，我替您去？”

事实上，杨哲早已厌倦了田中的纠缠，尤其在手头所有事情都悬而未决的情况下。他动摇了，命小金致电居委会，工作人员虽然透露了田中的电话和住址，但特意强调，“田中先生事先交代过，不要直接上门打搅他，要提前预约，否则他会非常不高兴。而且羊羹不要是虎屋的，最好是小竹的。”

“老帮菜，我去你妈的！”

杨哲破口大骂，命小金再次致电居委会，让他们转告田中，休想从自己这里捞到任何好处。然而就在小金把话放出去不久，杨哲就后悔了，何必跟一个行将就木的老人较真。

从大阪看房归来第二天，警察到访后的第五天，早在开工前，杨哲只身来到工地，从屋子里拎出一把折叠椅，守候在隐蔽的街角。几乎与开工同时，一位穿灰色夹克的老人出现了，杨哲悄然起身，躲到自动售卖机后面，偷窥，即便与对方素昧平生。他比想象得年迈，枯萎的身躯令购于盛年的夹克空空荡荡，退休多年却还是夹着公文包，想必施工图就在里面。强光下，面孔被鸭舌帽掩藏大半，模糊不清。他站在房子正对面，手扶电线杆，不住咳嗽，透过绿色安全网，注视穿梭其间的朦胧人影。几分钟后，蹒跚着走掉了。

杨哲跟了上去，打算看看他接下去会干什么，去哪里，至于为什么，杨哲也说不清，也许是为了找到一个同情他的理由，平息争端。他太老了，行走时身体左高右低，他极力控制，反而更显滑稽。这似乎是一个不错的，谅解他的理由，杨哲想。不一会儿，一个更好的理由出现了。没走出几步，老人从口袋里扯出两个塑料袋，将一路上散落的烟蒂、废纸、易拉罐分开装在里面，在抵达便利店之后扎紧袋口，投入垃圾箱。应该是时任居委会会长留下的习惯，杨哲猜测着，在便利店门口燃起一根香烟。没多久，田中购物出来，他赶忙背过身，田中没觉察，只顾低头扫视路面，片刻找到什么，从口袋里掏出又一个塑料袋，将手套在里面去捡，是狗屎。回程时老人会往每个岔路里多走几十米，见垃圾就捡。杨哲长叹，仿佛所有怨气随那叹息飘离自己。他低头发送信息，命小金去吉祥寺的小竹买一盒羊羹。

女儿的新房前，田中没再逗留，只是和刚才一样，拐进房子西侧的岔路，经过后墙，将收集的那袋垃圾猛地泼了进去，迅即掉头逃离，却不想和正担忧老人会不会有糖尿病的杨哲面对面，僵在原地。杨哲错愕地瞪着他，咫尺之遥，却无论如何看不清他的面孔。

待田中远去，杨哲才缓过神来，想到的第一件事就是阻止小金前往吉祥寺。

“老不死的玩意儿！羊你妈逼羹啊！绝不能随了他的心意，绝不能！”骂骂咧咧地，他找回折椅，瘫坐，喘着粗气，忽又直起腰，联想到和石井的关系，同是取索，田中的决心显然远超自己。想到这里，他做出了另一个决定：给玉森画廊下最后通牒。

5

石井先生：

您最后请求的宽延期限已经过去很久了，可我们还是没有收到任何野口的作品，这令杨先生非常不满，而且必须提醒您，您一再地失言是在我们已经付了订金的情况下，这让我们感到极大的不尊重。这封信代表我们最后的忍耐，如果在三天内仍然看不到野口的任何作品，我们保留采取其他措施的权利。

金冼峰

当天下午，小金就收到了玉森的回信，或者说就是一句话。奇怪的是信再次变成了英文，内容更是无礼得令人咋舌。

杨先生：

您要是最近急缺钱用，我们可以将您的订金退给您。

石井

面对这样一封回信，小金脑子一片空白地愣在那里很久，而后决定暂时压下。因为一旦让杨哲看到，他很可能取消后天的行程，这次大阪行对于小金至关重要。他迅速联系美奈子见面，了解具体情况。同往常一样，她一副无忧无虑的样子出现在面前，如同对双方老板深陷僵局浑然不知。

“你们明天去大阪？”

“要不然也不会这么着急约你见面。石井先生他是不是疯掉了？写了一封这样的回信！”

“欸？”美奈子一脸无辜。

“石井先生为什么会说出那样无礼的话？他的态度为什么会有这么大改变？最近石井先生有没有提起杨先生的事？”

“嗯……”美奈子翻着眼睛，做出回忆的样子，“就是上次……”

“上次？说了什么？”小金急不可耐。

“就是上次有位台湾画廊主发邮件给野口，想要签走他。石井先生怀疑，只是怀疑……那是杨先生指使的……”

野口将信转给了石井？在美奈子一贯的描述下，野口是个古板的手艺人，毫无心机可言，不会以施压为目的，故意将两封开出优厚条件的信转发石井。何况二人的关系濒临破裂，他更不应该有此举动。

“石井先生为什么会这么认为？”

美奈子抬起手掩了一下额头，表现得有些尴尬。

“因为合约到期的事情只有石井先生和我知道，更何况石井先生从第二封信里看出一些端倪，信中提到替野口先生拓展中国内地和香港市场的措辞，让他联想到几个月前杨先生的来信。我试着打消他这个念头，但他很顽固。在他的逼问下，我坦白说告诉过你。真不好意思，石井先生发起火来非常吓人。”

说完，美奈子难为情地低下头去。

“野口先生那里就密不透风吗？”

“我猜野口先生自己都不清楚被签到什么时候。”

“但也只是怀疑，无论如何石井先生也不能确定，不是吗？”

“那么是你们吗？是你们想签走野口吗？”

小金一怔，不自觉地将目光挪向美奈子身后。

美奈子咯咯笑着。

“我会和野口聊聊这件事，听听他的想法，看他能不能偷着做一件给你们，如果不能，我会再劝劝石井先生，他并不是那么不讲情面的人。”

“那就拜托你了。石井先生的这封回信我就暂时不让杨先生过目了，不然更难收场。”

美奈子点头。

“神泉那边新开了一家很好吃的餐馆……”

“今天不行了，真不好意思，要和男友见面。”

提到男友，她不同寻常的神情被小金忽视，他正对抗着那两个字带来的不适，一如之前几次。

“去玩吗？”美奈子问，“去大阪是去玩吗？”

“去看房子。”

“欸？杨先生真是有钱啊！”

“杨先生在大阪市还没有房子，他说和歌山和京都的事情如果做起来，在两个地方之间必须有个据点。”

“大阪市哪里的房子？”

“梅田。”

“为什么不是心斋桥附近，那边有好吃得不得了的中餐馆啊。”

“以前在横滨认识的好朋友，现在在大阪当中介，手头的房子大部分都在梅田。”

“杨先生知道吗？”

“他知道，是我介绍给他的。”

“我不喜欢大阪人，但是梅田夜景很美。”

确实，杨哲知道这次的中介是小金的朋友，他甚至准备好让小金背着自己吃点回扣，但他不知道的是，自己作为一个初来乍到的大陆富人，在小金朋友圈里已经人尽皆知，被他们虎视眈眈。

“他靠得住吗？”

去往大阪的新干线上，杨哲再次确认。

“非常靠得住。”小金再次说明，“和我一样，过来读书，然后就留下了，家里好像还挺有钱的，反正比我强。”

“叫什么来着？我又忘了。”

“孔祥，您叫他小孔就行，比我还小两岁呢。”

见面地点就在孔祥工作的中介公司门口。他似乎等在那里很久了。正如小金所说，年过三十却还是年轻人模样，头发梳得老高，窄身黑套装，和国内的房产中介并无二致，只是皮鞋好得多，是名牌。

虽然通过小金对杨哲已有了解，但孔祥还是装模作样地问东问西。

“您是第一次来大阪吗？”

“来了好几次了。”

“是第一次接触这边的中介吗？”

“接触了两家，不过他们手头上的房子大部分在心斋桥那块儿，对于我这个岁数的人来说，闹了点。”

“那么这附近绝对是您最好的选择。”

孔祥并没胡诌。不到两个小时，杨哲就相中一套，楼层、格局、大小都和东京赤坂的房子相差无几，房价却只是一半。即便如此他还是习惯性地砍了两百万日圆下去，心满意足地付了一千五百万日圆订金，相约三周后交付全款。

为节省一夜的酒店费用，手续办妥，便动身前往火车站，回和歌山推进码头的收购。列车上，反复有陌生号码来电，由于列车禁令，到站才拨回去。那端也是个中国人，听声音是打过交道的另一家大阪中介的员工。

“杨先生，您还记得我吗？小郝，上礼拜我带您看过心斋桥那边的房子。”

“哦，我暂时不考虑在大阪买房了。”

“听说您在梅田订了一套顶层公寓。”

这消息未免传得太快了些？杨哲心想，何况还只是订房。

“刚才发给您的短信，您看到没有？”

杨哲在短信中找到一张图片，正是他订下的这处房子的房源信息，但房价却低了一千二百万日圆。

“这套房子是他们三井的人从我们这里抢走的，本来卖主跟我们签了三个月独家代理，可是时间没到，他们就找到卖家，保证提价也卖得出。这些房源信息现在还是公开的，您可以验证一下。”

挂断电话，杨哲冷冷地望向小金，“你能拿多少？”

小金一惊，“什么？”

杨哲没再多说，回宅院的路上不发一言。那晚，杨哲不像以往那样拉着小金彻夜长谈，一早就回房休息，把小金独自留在大厅。小金惶惶不安，寄望于明天收购码头的谈判一帆风顺。可事与愿违，和前两次接洽一样，卖方仍无明确答复。杨哲昨日的情绪延续下来，一个下午都阴沉着脸，如同那日天气。

从卖方办公室下楼，穿过空荡的马路就是码头。杨哲趴在洁白的栏杆上，呆望停泊在那里的船只起起伏伏。小金没敢凑近，只是站在他身后等待。许久，杨哲转过头扫了一眼小金，向码头西侧走去，目光一如昨日，没有温度。走出百余米有座拱桥，出海口就在不远处，尽头被渔网封住，海水浑浊，海豚背鳍隐现其间，不知这些海豚是用于参观还是餐饮，杨哲心想。黑潮水产市场就在不远处，闲逛进去，门口摊位的鲔鱼解体秀即将上演，他挤在一众台湾老年游客之间等待。小金谨慎地注视他的背影，等在人群外围。杨哲的耐心很快被吵闹的台湾老人消磨殆尽，没有等到开场便挤出人群，经过小金时低声说，大阪的房子不要了。

订金不会退，订金比加价多，这些杨哲心知肚明，如此决定只因为订金会全归卖方，中介无法从自己这里拿走一分钱。事情如果发生在过去，必然是另一个结果，转变何以如此之大，杨哲自己也不清楚。他没有立刻离开水产市场，只是来到棚外，找了个旮旯坐下。纤细的几道晚霞已悬在天边。小金问要不要为他弄些吃的，他漠然抬头，没有回答。小金回身走向市场，危机感油然而生，自觉已站在失业边缘。他不愿丢掉这份工作，如此轻松，只是陪在有钱人身边，当翻译，当司机，一次次目睹前所未见的东西被买下，报酬却比以往任何一份工作都高……必须要转移杨哲的注意力，必须提醒杨哲他有多么需要自己，哪怕方法是火上浇油。

就这样，他不但为杨哲带回了一份海胆饭，还带回玉森画廊最后一封回信。

“杨总，石井刚才回信了。”

来信有日期显示，他没有让杨哲看自己的手机。

“说什么？”杨哲突然来了精神。

“非常放肆，石井那傻逼玩意儿说，如果您缺钱，他们可以退还订金。”

说完，小金屏息观察杨哲，似乎有了成效，他的呼吸急促起来，后槽牙咬得紧紧的。

“您觉得现在咱们该怎么做？我可以立刻写信，或者我可以立刻联系小韩，让他出马。”

沉默了好一会儿，“你什么时候收到信的？”

“……就是刚才。”

“是吗？……最近是怎么了？……先等等，什么野口，不要了。”

“不要了？就算了？”

“不要了！不是算了！”

小金似懂非懂地点头，瞧准时机凑到杨哲身边坐下，主动将话题带到今天和码头所有者谈判时观察到的细节。

聊了一会儿，杨哲淡淡地问，“今天星期几？”

“星期一。”

“星期一是玉森画廊的定休日，对吧？他们从来不会在定休日回工作邮件，对吧？而且还是……”说着杨哲低头看看手表，“还是定休日的下班之后。”

“……不好说啊，可能石井那个傻逼玩意儿已经单方面把这件事上升到私人恩怨了呢？”

“要是私人恩怨，更不会等上好几天才回一句这么拱火的话。谁都会觉得，这么一句话就是去语来言的事儿，对吧？”

如此直白的质疑令小金始料未及，弄巧成拙更令他后悔万分，感觉杨哲下一次开口就会解雇自己。

见小金无言以对，杨哲盛了一勺米饭送进嘴里，咀嚼着，指指小金面前那份，吃啊！小金低着头，愣在那里，拿起勺子，又放下。

“回信是前两天收到的，不是怕您生气嘛，才没立刻跟您说。”

“是怕我没心思给那姓孔的小兔崽子捧场吧？”

“绝对不是！我跟您保证，收到信当天我就约了美奈子商量对策，她也说了，会再想想办法，至少跟野口周旋一下。”

“美奈子？一个跟班儿，能管个屁用？”

美奈子……不知为什么，小金想起与她一同去看的那场无聊的电影，在尾声她似乎掉了眼泪……

“美奈子是石井的私生女。”

杨哲放下勺子，望着小金，半晌，“你怎么知道的？”

“是她告诉我的，第二次见面她就告诉我了。”

“石井在东京养了个孩子这事儿，他老家的人知道吗？”

“应该不知道，至少她说是不知道的。”

杨哲令人捉摸不透地笑了起来，“你怎么不早点告诉我？”

“一直不觉得是个什么重要的事，忘了说。”

“不是重要的事，你知道现在说？”杨哲反问，但显然已经是在戏弄他了。“我想想，我再想想……”他自说自话着，整个人看着松弛了下来。

离开和歌山市已近凌晨，小金是开夜路的好手，杨哲得以安然入睡。小金开上一会儿，就斜眼看看鼾声不断的他，不知接下去他会怎么对付石井，应该没什么办法了，他没有想象中愤怒，没有破口大骂，这有些反常，不知现在占据他脑子的是哪件事，不知自己算不算暂时安全。

张开惺忪睡眼，一条灰蛇正盘在枕边凝视自己，优雅淡定，仿佛卧室真正的主人。也许是毫无凶性显露，杨哲并不害怕，宁静地与之对视。不知过去多久，蛇歪了歪脑袋，吐着信子，波浪般滑向没有关紧的拉门，和榻榻米摩擦发出轻细的唰唰声由近及远。

趿拉着拖鞋，沿前院的石板路走到正房，河野正在指挥两个工人干活，小金在厨房张罗早餐，见杨哲过来轻轻鞠躬，满脸堆笑，如二人初识。共进早餐的时候杨哲告诉小金，卧室爬进一条蛇。

“狸猫，蛇，都有了，不修棋苑了，修动物园！”

玩笑，雨过天晴的信号？小金疑惑地望着杨哲。

吃完起身，杨哲没有在冰箱里找到任何水果，小金立即准备开车去买，杨哲记得山下村口就有水果摊，披了件衣服往门口走，小金紧跟其后。

“修棋苑的事情，土地规划科那边有反应了吗？”

“没有，要不要我催问一下？”

杨哲没吭声，低头走着。

“要不然咱们就不管他们批不批了，直接盖起来，反正也是在自己院子里，花自己的钱。”

“你还没明白，光盖起来不行，之后组织任何交流活动都需要政府支持。之前见过一次，那个叫阪吉的，最好是他点头。再说，沿着山路往上走几步就能看见咱们后院，要盖那么一大片房，不可能瞒得住。”

并肩而行，几分钟后二人来到村口，上班时间，整条村子空空荡荡，水果摊就在杨哲记忆中的位置，种类不多，分别标明售价，无人把守，用作投钱的旧铁桶立于一侧。

“蛇爬进卧室有什么讲头儿没有？”杨哲随口问着，挑选起苹果。

“我只知道梦见蛇是好兆头……孔祥那边，我会拿到一笔介绍费，他说这是他们那里的规矩，但是他想干什么，怎么干，我一无所知。”

“还能干什么？从我这里多抠点儿钱走呗。”杨哲笑笑，“我不露富，你帮我露，大哥啊，您真是我大哥，不知道说您什么好，以后少发点那什么朋友圈吧。”

“是，原来发的也不多，以后不发了。”

“像我这种有俩钱儿，又刚过来的，在人家眼里就是他妈小肥羊儿，谁都憋着宰你一刀，这事儿我是有心理准备的，也不是光中国人，日本人不也一个操性吗？河野，看着多老实的人，我给他开的工资低吗？让他给装一个鹿威[1]花了我多少钱？十万！那东西便宜的几千，贵的三四万到头了。还有咱们茶室门口的那套手水钵，里面一块手烛石也他妈好几万，真以为我不知道？想占我便宜的，都他妈给我等着！”说着他拿起一只青苹果，裹在衣角里擦拭。

杨哲的话让小金心里毛躁，他不清楚自己正在被威胁，还是被原谅。

见小金发愣，杨哲叼住苹果，又选了一只，擦干净递给小金，转身要走。小金准备掏钱，被杨哲拦住。

“别给了，就俩苹果，小日本儿从我这儿黑多少钱了。”

小金言听计从，追随杨哲，那一刻几乎忘记就在并不遥远的两年前，自己还极力遵守一切规则，只为看起来并非初来乍到的莽夫。而杨哲的出现，让曾经一切努力微不足道。

啃着苹果回到宅子，唤来河野，托付两句之后，坐

---

[1] 鹿威，原先是一种农业用具，通过储存一定量的流水转移竹筒两端的平衡，竹筒底部敲击石头发出声响，驱赶落入庭院的鸟雀；后来逐渐成为一种景观设计。

上商务车，前往京都。一路闲谈，连日来的风波似乎终于平息。杨哲呆望窗外，路边田野飞速倒退，造型各异的民居遍布其中，一尘不染。

“你说他们盖这些房子是不是都要找设计师啊？每座和每座都不一样，还都不难看。再瞧瞧咱们南方农村盖的那些小楼，上边有个尖儿那种，一片一片都他妈一样不说，还他妈难看，都跟纸扎的似的，随时要烧给祖宗。”

“都应该是隶属村役所的设计事务所设计的吧？村子为了整体规划，会让事务所提供一些样板给村民选择，听说有的地方，如果选了和邻居相同的样板，会被劝说更换。您仔细看，能看出规律，是一组一组的，不是都不一样。”

听了小金的话，杨哲开始认真寻找规律，却怎么也找不到。

“咱们那高尔夫球场的经理叫什么来着？”

“市川西。”小金不假思索。

“你觉得我要不要把他换了？”

“……不用吧？要不您再观察观察他。河野不也是上个东家留下来的人吗？表现也不错啊。”小金回答，忽然想起什么，补充道，“就是鹿威给买贵了。”

杨哲瞥了一眼小金，没说话。过了半天，“你蒙我呢吧？”

车内气氛骤然紧张，“欸？”

“这些房盖得有个屁规律啊？怎么看都不一样啊！”

小金长舒一口气，“您多看看就有啦。”

目光重投窗外，那规律被抛之脑后，微微抬头望天，天空阴沉，田野却被什么照射得异常明亮。

“石井的全名叫什么来着？”

“石井凉介。”

“一会儿到了京都，你给小池侦探社去个电话，让他们再多找一个人，查出石井在和歌山老家的地址，还有他原配的名字……范围不大，应该不难吧？”

“好，一到京都我就打。”

“他们确实没离婚吧？”

“美奈子说没离……您是打算把美奈子的事情捅给石井老家的人？”

“穿小鞋嘛不就是？老祖宗传下来的手艺，不能丢啊，现在不都提倡匠人精神嘛？”

和歌山去京都车程不到一个小时。他们没有直接回郊外宅院，先停在四条通吃了荞麦面，之后开到山顶高尔夫球场视察。虽是周二下午，门口却停满高级轿车，杨哲为此欣慰。

收到新老板到访的消息，员工一字排开在门口迎接，经理市川热情地迎出来，不停地说着您辛苦了。杨哲勉强挤出微笑，点了个头，随经理往大堂去，这阵势让他浑身不自在。倒是小金颇为享受，这也是他不愿离开杨哲的原因之一，毕竟无论是在横滨还是初到东京，他都只有被日本人呼喝的份儿。迎了新老板，员工散去，只留市川陪伴。他躬身引杨哲穿过大堂来到户外，一辆六人座高尔夫球车已经等在那里。驶入球场，坐在副驾驶位置的市川回头讲解，引他们一一来到杨哲要求翻新的区域。复查两处增加了厚度与色度的沙坑之后，停下车，杨哲信步走上果岭[1]，煞有介事地蹲身抚摸草皮，市川忙单膝跪地，将会员如何称赞果岭的球速告诉杨哲。这时

[1] 果岭，高尔夫球洞所在的区域。

天空飘起小雨，杨哲没有返回球车，起身走到不远处的标志树[1]下避雨，市川和小金也挤了过来。

“天气说变就变呢。”小金感慨。

“问问市川，”杨哲突然发话，“他觉得球场的新名字怎么样？”

小金翻译，市川迅速回答。

“他说比原来好听很多！”

杨哲笑笑，这时才产生了一点满足感。

“我也觉得新名字好，”小金急着表态，“之前想的那些名字，主要是我想的那些，一听就是中国人开的球场，不合适。就像您说的，这里的会员主要是地方上的财阀和官员，还有他们的手下，不可能没有政治立场，如果让他们知道这里是中资背景，恐怕会流失会员……有道理，真是有道理。”

“不过我后来又想了想，”杨哲靠在树上，“附近还有一家球场，和咱们这里差不多规模的濑田，虽然在滋贺

[1] 标志树，为让会员在击球时能够计算出落球的位置而栽植的树。

的大津，但也没离京都太远。那里的老板好像是日本人，算是对手了，他们肯定摸过咱们的底，不可能不声张，所以也瞒不了太久。但长期来看，也没必要瞒着谁，日本有多少高尔夫球场干不下去，都在卖，接手的全是中国人。以后日本人想打球只能去中国人的球场，没得选。所以短期内先稳住日本人，以后主要还是从中国人身上赚钱。你以为我为什么回国拉拢体育频道的人？”

小金点头称是，市川听不懂，却也点头如捣蒜。

“所以，剪彩这事儿该找中国人来还是得找，我觉得一点事儿没有……你问问市川，看他怎么说？”

小金问，市川再次迅速回答。

“他说找中国名人剪彩完全不会影响生意，还说这里一直都有中国会员，日本会员不会有任何意见。”

杨哲笑笑，“问他也是多余。”

“剪彩您打算请谁呢？大使？”

“大使是请不来的，也没必要。我不是和大使夫人见过一次吗？她爱打高尔夫，请她可能有戏，老贺会帮忙。”

老贺是杨哲第一次参加东京华人联谊会结识的，在圈子里左右逢源的人物，大使夫人便是他引荐的，听说八十年代生意不小，九十年代又赔了回去，现在不折腾了，把精力放在摄影上，不但成为中日友好摄影家协会理事长，还是日本摄影家协会少数几个华裔会员之一，每年都组织几次华商界的发烧友去日本各地摄影旅行。

来到市川办公室，杨哲给老贺去了电话。老贺想也不想就支了一招，隶属大阪府的至诚敬老院里华裔老人已经超过半数，名誉院长就是大使夫人，只要肯向那里捐款，就有机会请她剪彩。杨哲认为可行，请老贺牵线，并转告大使夫人，已经和国内几个体育频道谈妥，会在自己的高尔夫球场定期举行赛事。

老贺拍了胸脯，可杨哲并不放心，通过其他方式和五位在日本的知名华人取得联系，盛情邀请他们一同出席剪彩。五人中，有人活跃于中国互联网，有人在国内出书大卖，有人任教于早稻田大学……不过遗憾的是，在同一天内，杨哲被回绝了五次，有两次十分无礼，对方的原话是，“又是北京来的啊？”“又是有钱人搞活动啊？”言语中透着轻蔑。记恨在心的杨哲打定主意，站稳脚跟之后逐一报复。小金在旁开导，这几年大量内地骗子迁居日本，无不自称是来自北京上海的富人。最终，有点志气的四处骗钱，鼠目寸光的骗吃骗喝，那些出名的华人无不被这些人纠缠不休，产生抵触情绪在所难免，然而杨哲听不进这些，他有仇必报，就好像当小金在用心开导他的时候，殊不知自己早已被解雇，就在他得知买房上当的那一刻。一切只是时间问题。

6

杨哲从未游览京都，那次他留下四日，由小金带着从金阁寺、银阁寺，到哲学小道，再到花间小路和鸭川，走了个遍，期间接到两个电话。

一个来自设计师渡边，汇报施工进展之外，还提到每隔几天，后院里就有人扔进狗屎之类的污秽物。杨哲让他暂不理睬，转身跟小金说，田中那老头也是个玩意儿，每天能在南青山那么干净的地界找到狗屎，靠的是运气更是坚持，值得你们年轻人学习。小金连连称是。

另一个来自小池侦探社，他们不但查到了杨哲表舅的地址，还不费吹灰之力地找到了石井老家的地址和原配的姓名，然而附送的信息却动摇了杨哲迈出下一步的决心。石井的祖辈在大正[1]年间靠倒卖古董起家，兴旺时生意覆盖关西，和地方势力关系稳固，时至今日依然如此。

左思右想，在京都的第四天傍晚，杨哲按原计划写下一封简短的告密信，审视数次，递给小金翻译。小金略感不安，深知信一旦寄出，冲突必然升级，此时只能寄望于石井的仇家比想象得多，并且都知道他将私生女安排在身边工作，但这似乎不太可能。翻译完，小金读了又读，起身走进杨哲的书房打印，在信封上胡乱填写了寄件人信息。一切就绪，小金请示何时将信寄出，杨哲却从他手里把信夺走，收进办公包。杨哲清楚，以小金的性格，加之对美奈子的倾慕，很可能不会寄出这封信，更糟的是，自己永远不会知道。

京都宅院的大小只有和歌山的四分之一，购入时就翻新过，无须工人常驻，因此杨哲只请来一位名叫富永

[1] 大正，日本大正天皇在位期间使用的年号，使用时间从一九一二年七月至一九二六年十二月为止。承续年号为明治，接续年号为昭和。

井子的老妇人看家。她懂得照顾人，也懂得打理庭院，但有一点令杨哲难以容忍，作为狂热的爱猫人士，她会在院里定时投喂路过的野猫，久而久之野猫泛滥成灾。

“昨晚有两只野猫打架，害我一宿没睡。你翻译给她！如果继续喂，就让她走人。”

这不是富永第一次被当面训斥，每次她都眼中噙泪，低声下气地道歉，而后在不远的将来再犯。

杨哲发着牢骚，钻进商务车。

“俩猫打得跟他妈一阵旋风似的，围着我的卧室边嚎边转。”

在小金的协助下，富永拉开门闩，敞开院门，向漆黑的车窗内躬身。开出百余米，后视镜里那位身着铅灰色和服的妇人仍未直起腰，杨哲斜眼望着，问小金自己刚才的话是不是重了。

杨哲打算在捐款前造访至诚敬老院，于是绕路驶向大阪。提前打了招呼，院长亲自接待，恭敬地引他们参观被回廊串联的小型影院、礼堂、棋牌室、阅读室、食堂。……快步行进，余光里一缕缕迟缓的青灰色身影被无情超过。途经后院，目光被户外的老人们吸引，他们面向不同方向，无不伛偻，阳光下，石膏像般了无生气，远远近近地凝固在蓝天绿草间。院长将在场所有华裔老人指给杨哲，以示他的同胞将从捐款中受益，但也许这只是例行公事的表演，她接待过太多像杨哲这样别有用心的捐赠者。望向院长指过的每一位老人，都有着一张日本人的脸，只有个别保持化妆习惯的女性能被依稀辨识。

“想不到日本的敬老院也让人浑身不舒服，”小金低声道，“那些住在这里的老人看着也挺可怜的，还以为会好些，也许是走廊里那些日光灯的缘故？”

“这里还差？你去过国内的养老院吗？差的是真差，那意思就是提前把你装盒儿里让你习惯习惯。好的呢，也参观过，在上海青浦，等着入住的排了一千多人，都算退休干部了，也不还是那个样子？”

说完，杨哲将目光投向一位老人，许久。

“也可能跟地方没关系，人老了怎么看都挺可怜的，你还早，我快了。”

一席话，哀伤涌上心头，不由想到女儿，想听到她的声音。看看表，下午两点五十分，旧金山时间晚上十点五十分，最熟悉的时差，即便每年只通话两三次。他害怕打扰她，害怕因为紧张在电话里说错话，所以有时候他会感谢那时差，那十六小时永远在阻止他做危险的事。不过，如果能让她和自己生活在一起，在同一座城市，就另当别论了，他笃定。

“走吧，去看看我闺女的新房。”

短短几日，工程进展神速。当初因为考虑到年轻人对冷色调的迷恋，大面积运用灰色，效果图尚可，可实现之后，在去除照明系统的辅助下过于阴郁，为此渡边建议悬挂简单且色彩明快的艺术品作为补救。巧的是，在回到东京的第二天，台湾人就邀请杨哲出席三宅信太郎个展开幕，该艺术家的画风不仅与渡边的要求完全吻合，更让杨哲想起女儿童年的涂鸦。

画廊主总会和当日最大买家主动交谈，小山登夫先生也不例外，加上台湾人帮腔，与杨哲一拍即合，相约第二天晚上喝酒，定在新宿一家名叫“鼎”的居酒屋。

那晚到场的是四人，但多出的不是小金，是小山先生的助手佐佐木。石井的名字再次出现在推杯换盏间，不知是小山登夫画廊自认业界地位之高足以无视对手，还是纯粹酒精作用，小山及佐佐木对谈及此人毫不避讳，尤其是佐佐木，曾供职某银座画廊，亲睹画廊主与石井从相识到反目的全过程，对石井的过去也略知一二。

佐佐木回忆，上世纪八十年代初，石井之父在家族争斗中落败，被两个弟弟联手排挤到东京。他带着年轻的石井在银座自立门户，试图证明自己，伺机重夺家族生意的主导权。奈何古董买卖确实非他所长，无论如何努力，事业也毫无起色，苦熬十年便郁郁而终。之后，石井背负父亲的耻辱，更加努力。不得不承认，他的确具备超越父亲的才能，运气也似乎更好一些，接手不久就在经济萧条之中大赚一笔。也就是那个时候，他开始和香港人，和台湾人做起了买卖。直到二零零三年，古董行业整体低迷，热钱涌向当代艺术品市场，就在古董店的存货无以为继之时，他开始贩假。起初在积累的二十年口碑的掩护下无人察觉，但毕竟圈子不大，用不了多久就败露了。最终石井背负甚于先父的耻辱，退出了古董行业，离开银座，搬到青山。但这却成为另一个契机，运气并没有舍他而去，几乎与一连串变故同时，野口出现了。

“石井就是个笑话，”佐佐木大着舌头说，“他这种人确实很适合当代艺术行业呢，根本就没有假货可以卖！但我想他一定为此感到苦恼吧！”

台湾人大笑着，翻译给杨哲。

继小岛女士之后再次遇到石井的对头，令杨哲心中窃喜，他盘算着把美奈子的事情捅给小山登夫。他清楚，告诉更多人就等于扰乱石井反击的方向。不过杨哲还是慎重的，他尚未摸透日本人，尤其是小山这个行业、这个地位的日本人如何说别人闲话，哪些话能说，哪些不能，或者至少在相识第二天不能。他有点后悔没叫上小金，不然能听听他的意见。

小金那晚并没有回家休息，而是趁杨哲出门喝酒的工夫，跑去涩谷道玄坂向美奈子通风报信，告诉她在一次闲谈中不慎泄露了她私生女的身份，杨哲很可能利用此事报复石井，而她将不可避免地被牵连其中。

“要做好心理准备啊。”

说完，小金从美奈子脸上挪开视线，默默迎接她的责难。

“怎么这么不小心啊？”她只是这样问。

如释重负，甚至没来得及奇怪。

“你觉得杨先生他会做些什么？”

“也许是写信给石井先生的妻子，也许。”

“为什么不能肯定？”

“知道石井家族在当地有权有势，让杨先生不好下决心。”

美奈子微微点头，若有所思。不知为何，她看上去有些疲惫。

“说真的，我完全没想到杨先生会这么记恨石井先生。金先生，你觉得会有什么原因吗？”

“怪我，我把石井先生最后回复的那句话告诉了他。”

美奈子有些惊讶。

“不是说好暂时不给他看吗？”

“……石井先生这几天还好吗？有没有提到杨先生？”

“没有提过，这几天他很忙，他的朋友，河屋先生去世了。”

“或许你应该好好劝劝你父亲，尽快发一封语气友好的信给杨先生，也许还能挽救。”

“或许你应该好好劝劝杨先生，不要用这种方法报复。”

“我尽量劝他。但也请你千万不要将今天的谈话内容告诉石井先生，那样对谁都没好处。”

美奈子默不作声。

“你脸色不太好呢，美奈子小姐，也很忙吧？年底的工作总是很辛苦不是吗？”

“欸？”美奈子下意识地摸了摸面颊，“工作是很累，不过其他让人操心的事也不少。”

“什么事情可以说说吗？看我有什么可以帮忙的。”

“谢谢你，金先生，但是帮不上的。”

“啊，是这样……”小金点点头，“你吃的这种蛋糕叫什么？我一直都不知道。”

“嗯？这个吗？蒙布朗栗子蛋糕啊，金先生在日本这么久怎么会不知道？”美奈子笑着，“但是话说回来，我认识的日本男人也没几个知道它叫什么，还有一个叫它拉面蛋糕。”

说到此处，她散去笑容，愣在那里，忽然，“我离开男友了，但是他不死心。”

“那个暴走族吗？”

美奈子点头。

“你不会有危险吧？”

美奈子淡淡一笑，“你不了解他，他绝不会伤害我，他喜欢我。”

她的声音变得很低，让小金不得不凑过脑袋去听。

小金重新将后背靠在椅子上，双臂环抱，摆出一副过来人的姿态。

“这种事就是要坚决，如果你已经不喜欢他了，就该当机立断，这也是为他好，不是吗？”

“可我爱他。”

晶莹而真实的泪光在这一刻短暂出现。作为掩饰，她端起水杯，润了润嗓子。

“我只是担心他会去找石井先生的麻烦。”

小金不明所以，刚要发问，话题就被美奈子扯到一部已热映三个多月的现象级动画。她侃侃而谈，大呼剧中男女相遇之神奇。

“金先生也该带妻子去看看啊，真的是很不错的动画呢！”

“其实，我不怎么喜欢动画片。”小金苦笑着摇头，“而且，我一直有个疑问，日本动画片里的人物都长一个样子，尤其是女性角色，除了名字，你们是怎么区分她们的？”

“发型和发色吧？”

“哦……”小金点点头，半开玩笑道，“所以在二次元世界里，如果美奈子换了发型，就是另一个人了对吗？”

“而金先生呢，如果摘掉眼镜，很可能会变成故事的主角哦……”说完，她笑起来，像个天真的孩子。

二人在那晚分开之后，相隔不久便再次碰面。凛冽的寒风于那夜凌晨突然而至，不及清扫的落叶在大街小巷中翻滚了整日。小金在家休息，第二天他将随杨哲返回京都，筹划球场开业典礼。黄昏时分，美奈子出现在他家楼下超市门口。挂断电话，他套上外衣，飞奔下楼，远远看到正缩成一团，叼着一小截香烟的她，乌黑长发和口中烟雾在她不安的面孔前飘来荡去。也许杨哲寄了那封信，小金心跳加速。望见小金，美奈子掐了烟，捏紧竖起的大衣领，大步迎了上去，等不及寻一个避风的地方便告诉他事情败露，石井远在老家的妻子知道了自己的存在。

“他真的寄出去了……”小金喃喃自语。

“据说是收到一封匿名信。是他吧？杨先生？什么时候寄的？派你寄的？”

“不，不！我一无所知，他知道咱们走得近，在这件事上不太信任我。”小金急着撇清关系，“石井先生跟你说什么？他很生气吧？他知道是怎么泄密的吗？”

问着，小金抬头望了望楼上自家窗户，紧跟着将美奈子拉到超市西侧，那里背风，而且妻子在楼上不可能看到。

"他确实有些生气，他问我近期向谁透露了这事。"

"你没有告诉他对吧？"

"不需要我告诉他，他也能猜到一些。这半年里，画廊只和杨先生发生过摩擦，而且他和杨先生一样，也知道咱们的关系。"

"那么你没有告诉他对吧？"

美奈子沉默，目光在小金脸上散开，变得空洞。

小金虽然急切，却忍住没再追问，好一会儿。

"石井先生他现在打算怎么样？"

"幸好，他老家的妻子对这件事早有耳闻，本来两个人关系就很僵，所以并没有太大反应，只是打电话过来训斥他，不要因为在东京与人结仇而给她添麻烦。"

"那还好，是吧？石井先生应该不会那么生气，是吧？"

美奈子摇头，她了解父亲。好友的葬礼刚刚结束，还没从悲恸中缓过神，还没摘下黑色领带，脱掉丧服，就接到妻子的电话，在奚落声中得知被人暗算，怎么会不生气？他心烦意乱，将自己关在办公室细细思索，没用多久，杨哲便浮现出来，成为头号怀疑对象。他想不出，除了杨哲，认识的人当中谁会干出这种事，于是乎“那个麻烦的中国人”在他口中升级成了“那个混蛋”。他咬牙切齿，将美奈子叫进办公室，收缴了她从小金处获知的关于杨哲的一切，当和歌山三个字出现之后，唤起了与杨哲第一次相见时的记忆，他动起脑筋。

“他怎么可能不生气，而且我不能保证他不会报复，他还让我不要再和你接触。”

“这件事你不会听他的对吗？”

“我只是觉得杨先生和石井先生这两个男人真的很相像，那种劲头，有时候执拗得像个孩子，为不重要的事浪费那么多时间。尤其是杨先生啊，他不是有很多其他事情要做吗？”

的确，到现在小金都不明白老板为什么浪费这么多时间去争夺一件百万日圆的东西，他只是尽量不去评价雇主，哪怕在美奈子面前，于是选择回避。

“杨先生他似乎睡得很少。”

美奈子扭过头去，嫣然一笑。藏匿之处被刺骨寒风发现，小金将自己挡在美奈子身前，风声在耳边呼啸，二人不得不安静下来，她将头转向一侧，被他不易觉察地望着。

“我明天回京都去，”他高声说，“我们的高尔夫球场要正式开业了！”

大使夫人应邀出席剪彩。杨哲只打算借机和她建立私人关系，所以仪式并不隆重，到场的也只有她和四名随从，小金临时充当摄影师，在剪彩时拍摄合影之外，跟拍之后的一小时活动。而所谓活动，无非是象征性地挥几杆、走几步。大使夫人球技不佳，杨哲早有耳闻，可即便如此，还是会在她每次挥杆后恭维几句，而每次她都会像个日本女人那样低头苦笑，说着不好意思。她话不多，杨哲不得不找话说。来到大龟背果岭时，提到她担任东京艺博会组委会委员一事，她连忙摆手，称对艺术一窍不通，只是挂名而已。她反问杨哲如何看待东京艺博会，杨哲盛赞。当被问到这次有何斩获，石井的名字自然而然地再次出现。她没作任何表态，显然不愿趟这浑水，杨哲何等识趣，以赞美她又一次优雅挥杆打破僵局。在那天活动结束后，她换上正装，上车前拉住杨哲，语重心长地道出“大局为重”四字，杨哲似懂非懂，却还是点头称是。

大使夫人离开后，老贺才匆忙现身，杨哲将他让进办公室，大致复述与大使夫人的对话，好奇是什么让她看上去紧张又无奈。老贺坦言，对于中方官员，你无法在一个领导人永远不会到访的地方做出政绩，仕途止步于此怎能不无奈？

“好事坏事，不在日本做出任何事，就是对上面最好的交代。”

杨哲笑嘻嘻地从柜子里取出一个沉甸甸的金黄色纸袋递给老贺。

“知道你是用尼康的。”

一切处置妥当，杨哲与老贺一同返回京都。由富永引路，参观了整个庭院，直到离开前都没有一只野猫出现，这令杨哲颇为满意。槙尾山的施福寺是老贺一直想去的地方，为此他们在傍晚前回到和歌山，计划次日清晨一同登山。早餐后，杨哲照例散步到山下村口取一只免费苹果。回到半山，等在院门前的小金慌张地迎过来，将一封已经拆开的信递给他，说是刚才整理几天来收到的信件时发现的。

“被驳回了。咱们在后院盖棋苑的事情，被驳回了。”

接过那封全然不懂的信，杨哲看了看，又放下。

“为什么？不是之前和他们谈得妥妥的？他们自己都说是促进中日文化交流的好事啊。”

“说是出于环保原因。”

“环保？”

“咱们后院不是有条小溪吗？说是往前十米就是泉眼所在，咱们看不见是因为被植被挡住了。这里规定泉眼附近不得修建民宅。”

“还有他妈这事？具体多少米之内？”

“这上面没说。”小金重新浏览。

“那是不是咱们现在这房子也得给拆了才行啊？他妈的小鬼子！……不对劲，像是找茬，你给我去查查，是不是真有这么一说！”

杨哲怒不可遏地回到大厅，盘坐在屏风前，脸色铁青。小金端过一杯茶，立于一侧，老贺还没睡醒，大厅鸦雀无声。

“去把河野叫进来。”

片刻，一脸茫然的河野在长桌另一端坐下，大厅是他很少进来的地方。

“你问问他，一年前吧，我让他拆掉的那条大蛇的木雕还在不在？”

小金翻译，河野不假思索，扔掉了。

小金已经忘了那条蛇的存在，那还是刚搬进这座庭院的事。某一天，杨哲在溪边栈道上散步，无意间发现草丛中立着一座一人多高的展示柜，朽坏的木底，落了鸟粪的玻璃罩，里面是一条倒盘在树根上的灰白色木雕大蛇，吐着信子，目光凌厉，以造型判断并非八岐大蛇。起初他认为它是前房主放置于此的镇宅之物，没打算理会，但后来每次经过，总感觉草丛中有一双恐怖的眼睛注视自己，不得已命河野拆掉了它。一年后的今天，他忽然后悔起来，叹了口气，打发河野出去之后，低声问小金，一年来运气不好是不是把它拆掉的缘故。

老贺揉着睡眼溜达进来，杨哲将地方政府突然变卦一事讲给他听。

“倒是像日本人干出来的事，”老贺说，“他们尽量不当面拒绝人，有时在你面前甚至装得欢欣鼓舞，其实早就打定了主意。”

“那为什么要拖我这么久？而且当时基本上已经定下来了。”

“那就还有一种可能。”

“什么？”杨哲盯住老贺。

“你最近有没有在这里得罪什么人？日本人也是很记仇的啊！”

老贺如愿以偿地在那天登上槙尾山，端着相机，山前山后拍了个遍。虽然一肚子火气，杨哲还是全程陪伴。施福寺内，趁老贺独自进入御发堂观瞻，小金凑到杨哲耳边低声提示。

“会不会是石井？”

杨哲陷入沉思。

小金将老贺送到东京再返回和歌山已近凌晨三点，可杨哲还没睡，坐在大厅等他。

“下午你的话是什么意思？你是说有可能是石井捣鬼？”

“是啊，有可能。”

“为什么？为了报复我们要把野口挖走？他也不能肯定就是我吧？而且这事儿有多久了？”杨哲说着，又自言自语道，“试着挖野口那一步真是走错了。”

“……为了信的事情吧？”

“什么信？”

“那封寄给他老家妻子的匿名信啊。”

杨哲起身走到角落，从办公包里取出一封信，扔到小金面前。

当发现信封上的寄件人收件人都是自己的笔迹，小金惊讶地问，“您还没寄出去呢？”

“犹豫了很久，不想给自己找麻烦，你也听说了，石井家在这一带算有点势力。”

这一刻，小金的脑子乱极了，不由得皱起眉头。

“你又有什么事瞒着我呢？”

小金理清头绪，将两天前美奈子对自己说起的事情转告杨哲。

“……所以，石井在为这件事报复我？一件我还没做的事？你觉得信是谁寄的？”

怀疑对象的面孔已经依稀浮现，可小金还是佯装不知。

“看来，石井的仇家还真不只我一个啊！不过也太巧了吧？”

“但现在也不能肯定就是石井的报复不是吗？”

杨哲没再回话。只有可能是石井，他想，只希望是石井。

当晚，他们驾车来到大阪，随便找了家居酒屋，杨哲喝得烂醉，放言要找人开车撞死野口来报复石井。

杨哲没有急着回东京，而是在和歌山多住了一阵子，再次与地方政府取得联系，试图在电话中说服他们，然而对方回应得异常坚决。杨哲想起老贺的话，亲自前去拜访，对方却以各种理由闭门不见。天气越来越冷，站在后院发呆的时间却在延长，植物变得枯黄，四下更显凄凉。这片荒地注定是荒地了。

这都怪石井。

7

返回东京的第三天傍晚，杨哲才吃完饭回家，还没换鞋，两名警官便尾随而至。将他们请到大厅，小金端上茶水，杨哲被询问当日凌晨身在何处。他的回答令一名警官将信将疑。多亏公寓里无处不在的监控探头，迅速证明杨哲没有说谎。就到访原因，警官的解释十分简短，玉森画廊的卷帘门在那天凌晨被一位蒙面男子砸烂，还喷了红漆，这在青山区是极罕见的。至于为何会被警察找上，即便对方没有透露，杨哲也能猜到一二。起初是幸灾乐祸，报应啊，报应！在警官离开后，杨哲欢呼。可一转念，明明自己才是受害者，还没开始报复，就已经被对方反复怀疑，实在令人恼火。

原以为匿名信是美奈子寄出的小金，更被眼前这件事搞得晕头转向，难道真的这么凑巧？石井的另一个仇家抢在杨哲之前发起一系列报复行动？于是，第二天中午，他以到南青山监工为由，溜到骨董通见美奈子。尽管昨晚已被杨哲警告，为避嫌不应在这个当口接近玉森，但他完全无法控制自己的好奇心。见面地点定在画廊附近的餐厅，他特意提前到达，在玉森对街张望。也许是卷帘门被砸得变形而不能正常收合，那天看上去是休廊状态，警察提到的红色喷漆已被清除，看不出画廊遭遇了怎样的攻击，同样看不出异样的还有美奈子一如既往的平静面庞。一见面，最先听到的无关那神秘仇家，而是美奈子订婚的消息，这让他不免失落。至于未婚夫是何人，她没提，他没问。

“什么时候举行婚礼？”

“很快了。”美奈子说，“所以，警察去找杨先生了吗？那个叫西谷的、有些斜视的家伙？”

“石井先生他真的认为杨先生会干出这种事情来？”

“是啊，他还嘲笑杨先生手段低劣、超乎想象。不过话说回来，现在石井先生整天疑神疑鬼，一有坏事发生，第一个就想到是杨先生捣鬼，像一个怪圈，就算在某一瞬间他也觉得不合情理，为什么杨先生明明已经寄了匿名信，却还要砸画廊？”

“哎！杨先生他也是这样，但我肯定画廊不是杨先生砸的，也不是他找人砸的，我更肯定匿名信不是他寄的，因为他根本就没有寄出去！”

“欸？那就奇怪了。”美奈子皱了皱眉反问，“你刚才说什么？杨先生为什么也是这样？他最近遇到了什么麻烦吗？”

一反常态，小金没有将建棋苑受阻的事告诉她。为何在她面前开始有所保留，对于此刻的小金都是个谜。

“我不知该怎么办，”美奈子叹息，“这件事就像永远不会过去一样。”

“……平安夜打算怎么过？”

“和朋友们出去聚会吧。”

“不应该和未婚夫约会吗？”

“我想他应该会待在家里，他有他的事情要做。”

“哈哈，美奈子的未婚夫是个宅男。”

“金先生呢？”

“杨先生在这边无亲无故，如果他想让我陪他，我会陪他，而且他一点日语也不懂，离开我，他恐怕不会去任何地方。”

“他在这边的亲人找到了吗？”

“找到了，他的表舅，说是在真鹤。你知道这个地方吗？”

“离热海不远，不过我只去过热海。”

那天中午，匆匆扫下两份薄煎饼后他们就分开了。回到画廊，石井正在办公室发愣，桌子上扔着半个没吃完的三明治。见他这副颓废样子，美奈子已不以为意，自从河屋先生过世，他时常如此。为他端上一杯茶，她便继续工作。不多时，石井走到她身旁，酝酿片刻，讲到河屋，过去觉得他烦人，尤其他那些深奥的当代艺术理论时常令自己出丑，现在他死了，反而感觉生活中缺少了什么。石井忘了，就在几天前和她说过这番话，见她无动于衷，转而问起野口的近况，她边忙手头的事，边有一搭没一搭地回答，不久，他们谈起被砸的卷帘门。她告诉石井，似乎并非杨哲所为，石井当然不会相信。她还讲到杨哲最近同样遇到了麻烦，石井追问是否发生在和歌山，她表示对具体情况并不了解，但有一点十分肯定，杨哲同样认为石井是那麻烦的制造者。听她这么说，石井恍然道，所以杨哲找人来砸画廊，这就说得通了！

平安夜当天，杨哲睡到中午才醒，餐桌上摆着从附近中餐馆带回的担担面，小金正坐在沙发上等他，打了招呼，便低头继续刷看手机新闻。杨哲没顾得上洗漱就坐下吃面，吃了两口，突然装作自言自语。

“美国明天就是平安夜了，是不是可以现在往旧金山去个电话呢？我担心他们年轻人明晚就光顾着疯去了？”

那是一通永远困扰杨哲的电话，小金明白，无论是拨通前还是挂断后，他更明白每当杨哲这样问起都在等待被制止。

“大年三十打这个电话是不是更好一些？”

放下筷子，杨哲将头拧向小金的后脑勺。

“你不知道啊，我闺女就好过个洋节，咱们老祖宗传下来的节，人家觉得土，瞧不上，我心说，这么多年您什么洋节都过，唯独不过父亲节是他妈的怎么回事？”杨哲自顾自地笑笑，“当然啊，我是没敢跟她这么说过。”

“您想打就打吧，我记得上次您给她打电话还是她生日，也快半年了。”

将整盒担担面一扫而光，杨哲拿起手机默念，晚上九点多，应该没睡。

铃声持续了很久才有人接听，声音听上去竟有些陌生，一番嘘寒问暖，才让杨哲确认在和女儿对话。

“这阵子他对你怎么样？”

“他在特斯拉找到一份工作，现在湾区很多中国人都找他买车。”

这并不是杨哲想听到的，如果他们都在美国找到稳定的工作，就更难把女儿拉到日本，留在身边。可即便如此，他还是说，“卖车去了？也比闲着强。”

“身体还好吗？”

“我？还是他？”

“当然是你。”

“挺好的。”

“出门要注意安全啊，你们家门口那条街叫琼斯街对吧？我记得每到快天黑的时候，路两边就聚满了流浪汉、醉汉、黑人，还有流浪醉酒的黑人。总之晚上就别出门了，如果必须出门的话，一定要叫上董峰，也尽量裹严实点，穿破点，别太时髦。”

“就算是白天，那些流浪汉也在那里啊，人家就住那里，都很单纯的。”

“这很难说，总之要提防黑人。”

一次长时间的沉默过后。

“你有没有提前过来的打算，新年过来玩两天？”

“假期太短了，已经和董峰商量好了，去坎昆。”

杨哲轻叹。

“墨西哥更危险，坎昆的话，在海边酒店区转转就算了，别往市区去。”

那次通话仍然没有超过十分钟，双方的极限。通话结束前，“那咱们就春节东京见了！”杨哲这样说道。

小金扭头问杨哲平安夜有什么计划。

“不需要你了，你早点回家陪太太孩子吧，”杨哲想了想又说，“今天应该不会再和任何人说话了。”

合上公寓大门前，小金低声向杨哲道圣诞快乐，但他似乎没有听见，正全神贯注地寻找着窗帘遥控器，翻箱倒柜好一会儿，才令围绕大厅一百八十度的景色完全呈现。陷在窗对面的沙发里呆望逐渐暗淡的天空，逐渐明亮的城市，印象中上次将窗帘拉开还是在夏天。傍晚，突然饿得心慌，吃力地撑起身体，披上呢子大衣，把脚铲进厚实的旧球鞋，抓了把零钱，出门了。空气比想象得更冷，他缩着脖子，把自己裹得更紧。不自觉地来到一家熟悉的面馆门口，想起这里没有自助点餐机，要和店员以日语交流，于是转身走向远处的全家超市，买了一包火腿三明治，店员问是否需要加热，他胡乱摆手。从冷柜里取出不久的三明治在寒冬里很难下咽，他开始寻找垃圾桶，缓步走出两个街口，边走边偷看路人，东京男人也会帮老婆背包啊！还是只是在今天？东京的小姑娘妆容都差不多啊！每人两个小红脸蛋，这是小金口中的原宿系还是冻的？他胡思乱想，错过一个又一个垃圾桶。不久，他累了，站在一个路口的商场前，那里有棵闪亮的圣诞树，四周围绕着孩子，他们的父母，父母的父母。漫长而寒冷的一夜过去，小金回到赤坂的公寓，进门就被杨哲喊住，真鹤在哪里？查了一宿都没找到！小金挠着后脑勺想了想，离东京不远，离热海很近。

“这几天什么时候过去一趟比较合适？我是说，家里人会多一些？”

“新年那天吧，普通日本家庭都会团聚，在长者家里。”

“普通日本家庭？……小池那边说他们家都是干吗的？叫什么来着？”

“您的表舅叫……”说着，小金掏出手机，迅速翻找侦探社发来的邮件，“叫塚元健太郎，以前是个渔夫，上年纪以后不打鱼了，每个周末接待东京过去的海钓爱好者，开船出海。他的大儿子，也就是您的表哥，在当地渔业部门当差，二儿子在热海的一家温泉酒店工作，小儿子的工作没有查到，大女儿嫁到了岩手县，很少和家里来往，不知道新年会不会回来，小女儿嫁到了横滨，而且，丈夫也是个中国人。”

“……真是一大家子啊！”杨哲感慨，“也真是普通啊……塚元健太郎？有次郎吗？我就一个表舅？”

“侦探社那边就给了这么多消息。您打算什么时候过去？要不要提前打个招呼，咱们有您表舅家的座机电话，还有他大儿子的办公室电话。”

“先过去看看再说吧。”

新年，他们驾车驶上东名高速，沿海南下。不过三小时车程，中午前便已抵达。将车停在离塚元家最近的西码头，下车环顾，典型的日本海港小城，背山面海的民宅错落着铺展至山顶。停车场西侧的海鲜餐厅吸引了杨哲，在餐厅门廊前的长桌旁坐下，点了当日定食，小金拿出手机，查看驾车时错过的信息。杨哲托着腮，呆望大海。天气阴冷，远近几条渔船起起落落，被大团矮云和墨黑色的海面夹在当中。伸向天海间那一线明亮的突堤码头上，零星几个垂钓者的背影动也不动，和整排缆桩混在一起。红色灯桩立于码头终点，面向的远山烟雾缭绕，模糊一切轮廓的大雨正向这边靠拢。

西码头位处城市最低点，往哪个方向都是上山，走出不远就是海拔提示牌及海啸逃生指示牌。小金打开手机地图寻路，杨哲东张西望地跟在后面。上山的街道空无一人，拐入千百条窄巷中的一条，踏上望不到头的台阶路，攀上十几米，一座寺庙的巨大绿色圆顶从右手边冒出来，绕过它继续上行，是由那寺庙守护的墓园，参差的墓碑和卒塔婆拥挤在阶梯状的三个平台上。爬到墓园最高处，整个港湾尽收眼底，小金拍照，杨哲扶着一座风化的石碑气喘吁吁，无意间发现水池后面藏着一条崎岖小路，小路尽头一处两层民房淹没在枯藤枯枝中，随海风隐现。

“你别拍了，塚元是不是就住那边。”

比对地图后，“对，就是这里。”

“真他妈难找，我怀疑他女儿不常回家是因为找不着这鬼地方！你就在这里等着。”

“您不需要和他们说明来意吗？”

杨哲摇摇头，深吸一口气，独自朝也许是家的方向走去。

他的背影止步于篱笆门外，踌躇不前，院内似乎传出动静，他慌张地撤回墓园，从水池边取了个褪色的塑料桶，倒扣在地，坐在上面。小金有样学样，两人就那样坐着，不知在等什么。又一阵凉飕飕的海风吹来，杨哲缩了缩脖子，用手搓着膝盖，说再等等，此刻他们已经在那里坐了将近一小时。话音未落，从不远处的山下依稀传来一对母女的声音，之后一个男人低沉的声音加入其中，他们的声音混杂在呼啸的海风中，越来越近，直到女孩儿嬉笑着率先蹦到眼前，与杨哲对视的一刹安静下来，微微鞠躬，杨哲下意识点头回礼。女孩儿十岁左右，外貌平凡，衣服是能在村里最大超市买到的那种便宜货，随后出现的是她的父母，同样平凡，衣服似乎购于同一个超市。一家三口安静地经过杨哲，没有停下扫墓，径直走上那条小路。看岁数，不知是老二还是老三，杨哲猜着，侧目望着他们娴熟地找到那隐蔽的篱笆门。又坐了没一会儿，杨哲起身，来回踱步，在台阶边沿的一个转身险些和刚登上来的男人撞上。男人没有正眼看他，也没吭声，一个侧身溜了过去。目送那敦实的背影，身上的西装快被撑破了似的，这应该是老三。坐回桶上，命小金下山找家超市买些热茶回来。就在小金离开不久，篱笆门被从里面推开，一位老人沉着脸走出来，不知和老三的到访有没有关系。老人戴着驼色渔夫帽，同色的钓鱼坎肩套在冲锋衣外面，左边拎着水桶，挎着折叠椅，右边扛着鱼竿。也许是心里憋闷，老人只顾低头下山，路过墓园时没注意杨哲。杨哲迟疑，在老人从视野中消失前悄声跟了上去。手里的东西太多，让下山的老人颇为吃力，杨哲想上前分担，却害怕因为语言障碍令对方误会，纠结中已来到山下。港口前，老人驻足，眺望渡海而来的那片雨云，心里掂量了一下，登上码头，迟缓地选了一块地方，放下钓具，支起折叠椅，从桶里取出饵料盒。……其他垂钓者早已无影无踪，老人孤身一个，在愈加昏暗的景致里格外突兀。为不让老人起疑，杨哲佯装赏景，与老人相隔三座缆桩而坐。他扭过头，偷看老人，用心感受，微微摇头，他想，一定是离得太远。

挪到相隔两座缆桩的地方，还是那么冷，心里没有任何能够抵御海风的热度出现。一座之隔，仍无济于事。最后杨哲干脆坐在老人身旁的缆桩上，茫然地望着他，近在咫尺却感觉不到他是自己的亲人，一丁点都感觉不到。他只是个日本人，杨哲想着，有些难过。忽然，身后有人呼喊自己，是小金，他拎着一口袋罐装茶，苦笑着走过来。杨哲抛下老人，迎了过去。

“到处找您，差点就去敲那户人家的门啦。”

“就是他。”杨哲指了指老人的背影。

“要不要我过去告诉他您是谁？”

“不用！”

杨哲挎着小金的手臂，冲向他们的车。

“就这么走了？”

“赶紧溜！一家子赔钱货。”

钻进驾驶室的一瞬，小金困惑地望向杨哲。他不懂杨哲，完全不。车发动，缓缓掉头，淅淅沥沥的雨水也恰巧开始落在车上，杨哲最后瞟了一眼老人，他还在，一动不动，很快随车窗模糊而消失在面前。

赔钱货，他说服了自己。

而就在回到东京的第三天，继塚元之后，另一个日本人提醒了杨哲，他终究是个外人。和歌山游艇城的所有者，他的助理在电话里不急不缓地说，他们的码头不会卖给中国人。不要说杨哲，就连小金也恼火不已，不过更令他好奇的是，对方明明能用更婉转的理由回绝，何必选最得罪人的一个？这完全与日本商人那种极力避免树敌的处事方式不符。况且码头所有者即便是右翼分子，大可在接洽之初严词拒绝，何必态度暧昧地拖延至今？出于好意，小金将疑点一一道出，试图将杨哲从纯粹的愤怒中解救出来。小金能想到的，杨哲也本该想到，只是愤怒在这一次难以抑制，包括发烧这种身体反应在内，如同一年前和玉森的冲突过后。

毫无意外，杨哲再度回想起石井与和歌山这个地方千丝万缕的联系。第一次见面，石井提到过妹夫是县议员，卧床第二天的杨哲大喊，还是石井！一定是！这次，小金也动摇了，开始相信石井就是罪魁祸首。他主动出谋献策，如何反击，如何终结此事。然而，他没能看到此事的终结。一周后，他被解雇了，毫无预兆。拿着装有厚厚一叠万元纸钞的信封，他离开了熟悉的公寓房间、电梯、前台，震惊的泪在眼里打转，直到几小时后，美奈子端坐面前，才缓缓止住。小金告诉她自己离开了杨哲，因为反对他继续报复石井。

“其实，我一直很同情石井先生，深信不是他在背后捣鬼，”小金说，“杨哲的纠缠显得那么幼稚，没有意义！”

“确实不是石井先生捣鬼，他只是抱怨个没完，说自己的霉运不见头，”美奈子淡淡一笑，低下头，犹豫片刻，重新注视小金，“你既然离开杨先生了，可以告诉你。”

“告诉我什么？”

“你们有没有想过，为什么我们画廊的回信有时是日文，有时又是英文？而且，总是英文信的态度很差，会让冲突继续下去？”

“石井先生在提醒杨哲，他是一个外人……是这样吗？”

美奈子不由笑出声来，神情有些不同寻常。

“当然不是。日文信是石井写的，英文信，是我写的。”

“他让你写的？”

“不，他不懂英文，他看不懂我写了什么。”

小金一时语塞。

“而且，我想问，你们为什么最初不同意划拳，之后还对石井不依不饶？”

“因为他出尔反尔，他已经答应把那件作品卖给我们了。”

“你再好好想想，到底是谁答应卖给你们的？”

小金努力回忆当时的情形，“是你，是你说的石井先生同意把那东西卖给我们。”

“石井从来没同意过，他甚至顽固地坚持到现在。”

突然间，小金的喉咙里像卡着什么，说不出话。

“那天，你们来到画廊，虽然跟石井聊了很久，可我们都不觉得你们对这件事情有那么认真。直到第二天，你们真的第一个出现在展位前，我突然觉得，你们可以帮我。”

“帮你什么？”小金恼怒起来。

“帮我教训石井，让他不得安宁。”

“所以……野口没有和石井闹僵？”

美奈子温柔地摇头。

“那么……匿名信也是你寄的？”

美奈子再次笑了起来，“很抱歉给你们添了那么多麻烦，但至少金先生已经解脱了，至于杨先生嘛，就看你是不是让他继续蒙在鼓里了，”说到这里，她诡异地瞟了瞟小金，继续道，“反正我也不怎么喜欢杨先生，没礼貌的家伙，当我冲他微笑，他却只是看着我。”

“为什么？为什么这么做？”小金忍无可忍。

美奈子没有回答，只是轻轻抬起左手，将手背对小金。

“虽说钻石不是很大，但是野口那个傻瓜知道去买戒指，已经让我很意外了。”

“野口？野口拓哉？”

美奈子点头，将手放下之前，捋顺了额前的碎发。直到此时，小金才注意到，分开短短几天，她不但剪了短发，还染成了栗色。

“没想到……你要嫁的人是野口……”

“一年前我也没有想到，就在你们拜访画廊的前一晚，石井要我离开当时的男友，嫁给野口，不，是逼我嫁给野口，可野口是个呆子啊！”说到这里，她激动起来，呼吸急促，眼中泪光颤抖，“当初石井找到我，给我钱，给我住处，给我一份轻松的工作，让我的生活有了很大改善，我原谅了他，以为他是良心发现，原来，他只是打算先困住我，再利用我困住野口。可有一点他没想到，两年后的今天，野口只听我一个人的，如果我让他休息，他就会停止工作，如果我让他离开玉森，他就会义无反顾。所以，现在石井也会怕我，他以为是他困住我？是我困住了他！”说到这里，她的眼神恶狠狠的，嘴却笑着。

小金浑身发冷，下意识地后移身体，尽量远离好似变了一个人的她。

美奈子似乎看透了小金，“还记得吗？”她指指自己的新发型，“我已经是另一个角色了。”

8

小金被解雇后几分钟，继任者就笔直地站在了公寓门口，一张更年轻的面孔出现在可视对讲机屏幕里，一个月前杨哲托老贺物色的新助手，会开车，话少。拉开门，年轻人再次自我介绍，简短，紧张。杨哲冲他摆摆手，让他先坐在沙发上，要喝什么自己去冰箱里拿，还问他家远不远，远的话，恐怕要经常住在这里。说完杨哲回到里屋，拨通了一个大陆亲信的电话。

“你去二厂，挑十个工人，给他们办日本签证。对！就一个星期。时间？我看看。”杨哲快速查找今年东京艺博会的会期。“三月五号来，三月十号走。先别告诉他们有任务，就说是组织他们到日本玩！挑几个平时反日情绪高涨的。”“我操他妈，有反日情绪就不愿意来日本啦？如果有这样的，你就悄悄跟他说是派他过来打砸抢的。”“对，多挑又高又壮的！山东和东北的多招呼几个。”

讲着电话，杨哲转身望向那肃然危坐于沙发一角的年轻人，他正谨慎地窥察四周，手里没有水。刚认识小金的时候，他也这样，杨哲想，但只是刹那，转而对电话那头嚷道，“机票早点订，别他妈赶上樱花季，能多便宜就多便宜。”“不是！不飞东京，飞大阪，和歌山那里住得下，飞东京我还要出钱让他们住酒店。”放下电话前又补充，“十个太少，叫二十个来！”

杨哲回到客厅，从冰箱里取了一瓶水递给年轻人，坐在对面的沙发上凝视他，他赶紧低下眼。也许这是我要找的人，也许能多用两年，杨哲琢磨。

“咱丑话说前头，你的前任什么都好，就是嘴不严，把他开了主要是不能让他听见刚才那通电话，也不能让他知道接下去我的安排。你只要做好自己的工作，其他事情少听，少管，少给我出去传，就一直每月六十万给你开着。你什么时候要走，就跟我说一声，我也不拦你。”

年轻人点头，说着好。

“我的大概情况老贺都跟你说了吧？”

年轻人点头，说了说了。

“你现在的房愿意租就继续租着，不愿意退了也行，反正西新井那破地方又荒又远，你来回也是折腾，我这里还有三间房，你可以挑一间。”杨哲又想起什么，“我对男人没兴趣，你放心住，门卡给你留了一张。那边灶台上有个铁盒子，里面一般放个三四万零钱，饿了就自己出去买吃的回来。但是钱啊，只能我往里放，你不能管我要，明白吗？”

年轻人连连点头。

“后天一早就给你派个任务，去接你的前任，开车把他拉到我和歌山和京都的家里去取他的东西，然后再把他送回东京，行吗？到时候给你地址。”

年轻人说没问题。

“最重要的一点！他拿东西的时候你在旁边盯着，别让他把我的东西顺走喽！”

年轻人想了想，“可我也不清楚哪些是他的哪些是您的啊。”

杨哲笑笑，“其实盯着他就管用，但是安全起见，叫上两个地方的管家跟着你们，他们分得清，京都的叫富永，是个老太太，和歌山的叫河野，是个老头，应该就是给你开门的人。还有啊，路上他跟你说什么，听着就行。”

年轻人也跟着笑了笑，“明白明白。”

“你看我以后是叫你元昊还是小丁？”

年轻人想了想，“元昊吧。”

杨哲说，“还是小丁吧……习惯了。”

两天后，第一个任务顺利完成，小金也相当配合，没拿任何不属于自己的东西，甚至只去了和歌山，留在京都的东西似乎对他无关紧要。他也不像杨哲预料的那样，当着新人的面拆前雇主的台，但是自己的高风亮节也没像他所希望的那样传入前雇主耳中，杨哲压根没问。他只是一路上将玉森画廊与杨哲的仇怨讲给小丁，石井的顽固，杨哲的执著，至于美奈子的坦白却只字未提。小丁牢记杨哲的嘱托，只是出于礼貌，偶尔应和。几天后，小丁迎来第二个任务，三天内，由他出面，解雇了河野和富永，并安排了两位新管家上任。他回东京向杨哲汇报，说富永哭得很惨，杨哲听后只是冷淡地说别理她。

与女儿相见的日子越来越近，是那段时间唯一让杨哲欣慰之事。南青山的新房如期完工令他松了口气，小丁在渡边的指导下挑选家具与电器，将寄放在小山登夫画廊的艺术品布置在指定位置，一切就绪。为表示感谢，杨哲相约设计师渡边和中介竹内在那个周六下午一同参观新房，之后共进晚餐。

然而，就在周六凌晨三点，家中座机响起，小丁将电话递到杨哲床边。杨哲揉着睡眼，脏话就在嘴边，发现是女儿来电，又咽了回去，转而不安，以为是紧急事件，却并非如此，不过是她从不考虑时差，这多少令杨哲失望，接着更令他失望的是，女儿取消了来东京与自己相聚的计划，只因为未婚夫的父母赴美，一家人准备趁春节从旧金山一路开到纽约。

杨哲不想放弃，“那么复活节假期呢？复活节可以过来吗？”

“太短了，就一个周末而已，我和董峰已经计划好去圣地亚哥了。”

杨哲继续追问，“暑假呢？暑假可以吗？”

女儿有些不耐烦了，“我已经长大了，不再是学生了，哪里来的暑假啊？”

杨哲的情绪低落到极点，可即便如此还是在通话结束前嘱咐，春节从西海岸到东海岸那一路会很冷，带够衣服，小心开车。放下电话，他使劲晃了晃脑袋，仿佛试图晃醒一个令人欲哭无泪的梦。他爬下床，蹒跚地来到客厅，打开灯，发现小丁没有去睡，而是坐在沙发上等他。杨哲从冰箱里取出水，灌下半瓶，倚在餐桌旁。

“等今天看完房，你就把它租出去。”

小丁不明所以，却不敢多问。

“别找竹内办这事，花几千万装修再租出去，让人家觉得我跟傻逼似的。签一个两年的租约，奥运会之前把它空出来做民宿。”

小丁点头。

杨哲轻叹，想一个人静一静，让小丁去睡。在小丁合上房门前，杨哲突然叫住他，提醒不要忘记在出租前取回艺术品和贵重家具。杨哲呆坐，一个小时，两个小时，三个小时，他忽然想看电视，听从来听不懂的早间新闻，却怎么也找不到遥控器。

即便已经毫无兴致，数小时后杨哲还是强打精神前去赴约，由渡边引路，和竹内一起参观本该属于女儿的宅院。焕然一新的一切在此刻令人生厌，他抚摸木板包裹的墙壁，令人叹服的工艺，他不禁说出声来，一旁的渡边以为是夸赞，微微鞠躬，谁知那是哀叹。误以为杨哲乐在其中，渡边合上客厅窗帘，炫耀由他精心设计的光效。若是一天前，杨哲定兴奋不已，可此时，那只会令他更想离开。回到前庭，竹内表示新房刊登在任何建筑期刊上都不为过。渡边道谢，问杨哲，女儿会不会喜欢。杨哲说会，一定会。

竹内对海鲜过敏，不得不取消了去银座吃寿司的计划，改去西麻布的一家名叫“龍眉虎丿尾”的中餐馆吃四川火锅。那晚，都喝了些酒，几个人难得松弛下来，聊到各自的春节计划，渡边会飞上海，和正在出差的妻子会合。小丁不打算回湘潭老家，留在东京，争取表现。唯有竹内令人费解，抛下丈夫和儿子，独自回大连。杨哲追问原因，她没有直接回答，反问杨哲，小儿子大学毕业，该送什么毕业礼物。

“送表吧？”

竹内点点头。

杨哲问小丁，“你在日本上的大学，你说说看，同学们毕业的时候最想要什么？”

“一般都是送手表。”

杨哲问竹内，“您儿子现在戴什么表？”

“卡西欧。”

小丁说，“那就送他一块精工，入职的新人都是戴精工的，可以是高端型号，但别是更好的牌子。”

杨哲说，“要么就送一套西装。”

“去年送了他一套青山洋服，让他求职面试的时候穿。”

小丁说，“对对对，西装的档次最好也不要超过青山。”

竹内问，“丁先生也是在日本读的大学？”

小丁称是。

竹内又问，“您的父母来出席毕业典礼了吗？”

“我母亲过来了。”

竹内若有所思地点着头，“那么您的同学呢？他们的父母会参加孩子的毕业典礼吗？”

“当然啊，基本上都会来，不来的话，反倒有些奇怪呢。”

“丁先生是哪年毕业的？”

“六年前。”

竹内自言自语，“六年？也不是很久以前啊，那就不是风气变了……”

杨哲望着一脸落寞的竹内，“是不是和儿子闹别扭了？”

“……跟您说过，我两个儿子都不会中文，看着就是日本年轻人的模样，高中后就不怎么喜欢回家了，对我也越来越爱答不理，有时候他们看我的那个眼神啊，像看着仇人，可我扪心自问，对他们没有任何亏欠。”一口气没憋住，她捂着脸哭起来。

三人不知所措地相互望望。

杨哲说，“咱这岁数，儿女和自己疏远一点也很正常。”

“杨先生您知道，我是个节省的人，平时不舍得给自己买东西。这礼拜一是小儿子的毕业典礼，我咬牙买了套新衣服，就为不给他丢人。可就算这样，他还是不让我去。”

想到那套给女儿准备的新房，杨哲也沮丧起来。

“所以，您没有去小儿子的毕业典礼？”渡边问。

“偷偷去了，坐在角落，可还是让他发现了，被骂了一顿……”说着，她拿起酒杯，一饮而尽。

小丁劝她少喝。

杨哲说，“别管她。”

“我一直觉得两个儿子那么像日本人是好事，他们以为自己是日本人也是好事，谁知他们比谁都清楚自己是中国人。”竹内叹息，“所以，他们对我的态度只会越来越差，离我只会越来越远，因为我的存在就在提醒他们。”

“也许还有转机。”渡边安慰她。

竹内摇头苦笑，“所以我不觉得养老能指望他们，现在见他们已经要预约了，可他们还是经常用打棒球或者登山这种小事当借口回绝我。”

感同身受的杨哲不由得用手掌搓了搓额头，“可能孩子就是靠不住的，这是他们唯一可爱的地方。”

竹内一怔，随即认同地点了点头，而孩子还小的渡边与尚未成家的小丁只是不明所以地愣在那里。

良久，渡边问，“您的先生呢？他怎么看？”

竹内笑了，眼泪却再次涌出来。后来杨哲才知道，他们夫妻合开的房产中介在这几年大赚一笔后，丈夫就在外面养了情妇，并不年轻，也并不貌美，只不过是一个真正的日本女人。

“不知道再过十年会怎么样，现在的家就已经不像家了，总是我一个人，冷冷清清，如果厨房的龙头没拧紧，躺在卧室的我能听到……所以我打算回大连养老，那边至少热闹,还有兄弟姐妹,还有过去的朋友和同学。不过，真的好久没见面了，今年春节回去，就是打算走动起来，预热一下。”

“回去也好，为家里操劳这么多年，也是时候为自己打算打算了。”

“再坚持两年，抓住奥运之前的最后机会，给自己攒点钱。话说明早还要给一个大连企业家考察团当地接呢。”

“又是炒房团？”

“也不光是炒房，就是一些大连有钱人过来寻找投资机会，顺便了解一下风土人情。基本上每个季度一次，先前带他们去了解了相扑、茶道、插花和歌舞伎表演，还带他们去收了几次茶壶茶杯。这次想让他们接触一下这边的艺术品市场，向杨先生学习。”

“也好，日本艺术品现在是低点，等他们这帮哈日的成事了，”说着，斜了一眼小丁，“肯定得给炒起来。”

“可哈日的很难成事。”小丁低头嘟囔。

杨哲没理他，继续对竹内说，“不过我要提醒你，这个圈子很小，环环相扣，中国人想往里插一脚不那么容易，要做好心理准备，我去年的事情你也知道。”

“那件事解决了吗？”

“快了，快了。”

一月里，东京总会有那么一场大雪旷日持久，春节无声无息，飘散其中。公寓的窗帘在那段时间始终敞开，被厚厚白雪圆润了轮廓的皇居，随雪势强弱隐现。铲雪声不绝于耳，从路灯熄灭到亮起，除雪者的耐心一再被考验。杨哲几乎足不出户，只偶尔在夜里随小丁出去喝酒，喝得越多说得越多，可一到白天，两人就一句话也没有了，直到在新闻中被称作十年来东京降雪量最大的那天。

下午，和往常一样，杨哲站在窗边，等小丁带回食物和酒。他俯视正被千万道呼啸而过的白线割裂的街道，成人礼毕，穿和服的孩子们东倒西歪，向家的方向艰难行进，廉价的头饰被吹落，被迅速掩埋，被轻易遗弃。

去年的成人礼也赶上一场暴雪吧？杨哲努力回忆，目光扫过正有序地登上公交车的队伍，花瓣一般的孩子们散落在队伍当中，左摇右晃。

身后传来塑料袋摩擦声和酒瓶碰撞声，杨哲没回头，只随口问小丁今天怎么往东去了。

“雪太大，西边的超市关了，所以去了远处那家。”

说着小丁将一杯倒好的清酒递到杨哲手边。

“去年的成人礼是不是也是一场暴雪？”

“是吗？”

“当时咱们在银座，也看见好多刚参加成人礼回来的穿和服的小姑娘，冻得乱哆嗦，是吧？”

小丁没敢接话，退到杨哲身后继续忙碌。

见小丁沉默，杨哲才意识到那段记忆中的年轻人已不知身在何方。

“今天坐这班公交车的人比平时多很多啊！”

小丁一边将食物纳入冰箱一边回答。

“东京的出租车司机也很懒，一看这天气就都不愿意出门。今天晚上啊，建议您就别出去了，已经快没过小腿了，深一脚浅一脚的，迈不开步。”

杨哲没作声，待那班车消失在雪幕中。

“就算这样，还是不算挤啊，你们日本的公交车就从来没挤过？”

小丁匆忙从远处小跑过来，“您说什么？”

杨哲重复。

“印象里没拥挤过，但地铁就不一样了，要不要哪天体验一下？”见杨哲没回答，“但是北京地铁也很挤，我坐过一次，上不去。”

“公交车好不到哪里。”

“我也坐过。”

“几路？”

“一路。”

“大一路，我们北京人管它叫大一路。还有呢？”

“四路。”

“四路，是很挤……”

小丁接过杨哲手里的空杯，续满。杨哲命他给自己倒上一杯，就这样，两人默默喝起酒，在混沌的窗前。

小丁那杯先见底，刚要走开。

“我还在读大学的时候，九十年代初，有你了对吧？”

“有了有了。”

“那时候我也坐过一阵子四路，他妈挤呀。”

“是坐车上学吗？”

“不是，我住校，当时美院在校尉胡同那里，我每天下午坐四路去中考班代课。”

虽然不知道中考班为何物，但小丁没有追问，只是聆听。

“现在想想代课费可真不多，那老太太心黑。”

小丁点头，那老太太是何许人当然也不介意。

“就为那么点儿钱，每天挤公交车，来回两个多小时。有次很丢人，不过也挺逗的……”说到这里，羞怯地笑了，很短暂。

小丁慌忙从杨哲脸上移开视线。

“也是一年冬天，有天我坐四路去代课，格外的挤，我本想再等一班，但挤到一定程度的话，上下车都不由人，我被一堆人按在犄角，整张脸瓷瓷实实地贴在车窗上，根本挪不了窝儿，车窗特别凉，一小会儿脸就麻了。”

小丁笑起来，以为这是故事的全部。

“在一个路口等红灯，并排停着一辆旅游大巴，松快地坐着一水儿的小日本。我记得那年老江去了日本，明仁来了中国，中日正热络着，学校之间有不少交流活动，但是你应该不会有印象。看岁数，那一车人也是大学生，有男有女，嘻嘻哈哈的，笑得那么……无拘无束……就在我傻呵呵地望着他们的时候，一个女学生发现了我，可能是我贴在车窗上的脸确实挺可笑的，她开始是捂着嘴，后来忍不住大笑起来，这让她前后左右的同学都注意到了我。一个男学生，傻逼玩意儿，掏出相机对准我。我当时特别努力地想要把脸挪开，背对车窗，可怎么努力也动不了，没那个力气，动不了……”

一心等待欢乐结局的小丁察觉气氛不对，赶忙问，“然后呢？”

“我把眼闭上了。”

小丁默然。

“闭眼之前，我只记得那第一个发现我的女学生还挺漂亮的，有点赤名莉香[1]那意思。你知道赤名莉香是谁吧？”

“不知道……那么他还是给您照相了？那个男学生？”

“照了一张，但他好像开了闪光灯。你懂吧，隔着两扇窗开闪光灯很可能照不清。就在他调试相机的时候，

[1] 赤名莉香，日本电视剧《东京爱情故事》的女主角。

我急中生智，玩命向车窗上哈气，天冷啊，脸底下那片儿一下子就白了。”

小丁松了口气，终于还是个笑话，他望向杨哲，杨哲却只是和刚才一样，面无表情地俯视着百米之下行色匆匆的路人。

9

大雪持续到二月中。随着漫长的融雪，小丁也忙碌起来，逐一走访相熟的画廊，搜集新一届东京艺博会VIP入场卡，最终得到了二十张。按照和竹内的约定，其中五张寄往她的不动产事务所，年初由她接待的那批大连富人似乎对日本当代艺术真的产生了兴趣，其中七人不想错过这次艺博会第一时间入场的机会。收到入场卡，竹内立即来电致谢，杨哲告诉她每张入场卡可以多带一人，所以包括竹内自己在内，可以有十人同时入场。

“我跟你说啊，其实有一张卡就行，你可以用那张把七个客人挨个接进去，不过我考虑到你那团里都是有头有脸的人，这么干可能让他们丢面子。”

“对对对，杨先生真是太细心了。我还有个打算，不如杨先生也跟我们一同入场吧。我实在是个外行，给他们讲不出什么门道。”

电话这边，杨哲沉默片刻。

“今年，我不会往会场里去。”

二月底的一天，杨哲破天荒地拉着小丁去大丸百货买回名牌皮鞋、羊绒衫和夹克。两天后的一个黄昏，敞开三个月之久的窗帘被合上了。

杨哲为和歌山的新管家植田带去礼物，并通知他，三月五号那天他将接待二十位来自中国的朋友，让他做好准备。一听人数，植田有些慌张，提醒杨哲没有那么多房间，杨哲笑着说让他准备二十人的被褥即可。

院里多出的两辆商务车提醒杨哲，东京艺博会将在明天开幕。关西国际空港距离和歌山只一个小时车程，那班满载杨哲手下的航班没有误点，二十人乌泱泱涌出闸口的一刹那，扑鼻而来的土腥味令杨哲止步不前，他惊诧，他们从前的样貌似乎并非如此。他向领队挥手，二十个小伙子聚拢过来，战战兢兢，却不因为许久未见的老板，而是完全陌生的环境。他们的反应让杨哲担忧，二十个从未踏出国门的人不知能否完成任务，要给他们买酒。

杨哲没有带他们观光大阪，在心斋桥附近找了家拉面馆凑合了一顿，便驶回和歌山。杨哲没心情带工人们参观庭院，把这个任务抛给了小丁。附近订的寿司和比萨是晚餐，加上司机和植田，二十几人围坐在十米长桌前。吃到一半，杨哲开口布置明天的任务。

"……到时候，你们二十人都听小丁调遣。"

二十人一齐望向小丁，点头。

"下午四点正式入场，你们所有人两点整过去排队。按去年的经验来说，两点能排在第一，你们二十人全排在第一！"

"到了四点整，开始刷卡入场，就是检票，一张卡，能过两人，两个人一组！"

"检过票的人，顺着扶梯往下走，在 B 展厅门口集合。

不是A，是B，也不要独自一人进去！”

“二十个人集齐，由小丁带路，一起往里跑，小丁知道展位在哪里！”

“要跑！能跑多快跑多快！都听明白了吗！要跑！”

二十人点头。

小丁接过话。

“跑到展位，你们就随便指着其中一件说，我要这件！”

二十人点头。

小丁开始传授这句话在日语中的正确发音，二十人像上课一般，重复，再重复。

抽查了几次，小丁确定工人们掌握了正确发音，但杨哲不放心，请植田再次抽查。

确保万无一失后，小丁继续发言。

“画廊老板会把你们领到每一件作品跟前问谁想买，到时候，你们就聚过去，至少要有八个人举手，然后他会让你们划拳或者抽签，也许会有几个日本人和你们竞争，但是不用理，咱们有人数优势。”

“虽说有点困难吧，但是来到展位之后尽量别表现出相互认识，临时有什么变动，我会小声告诉你们。”

杨哲接过话。

“别怯场，别怕人家看出你不是日本人，搁非洲人都他妈能看出来你们不是日本人，都横着点，在国内跟土匪似的，别一见日本人就犯怵！”

二十人傻笑起来，然后点头。

“把这件事儿办好，带你们去大阪玩，每人发五千，去药妆店给老婆带礼物回去！”

二十人骚动。

“杨总，五千是人民币还是日圆啊？”

“其他人都是人民币，就他妈给你日圆！”

二十人大笑。

杨哲干咳两声，示意众人安静。

“最后，也是最重要的一点，都听好喽！如果做到这个地步，还一件都得不到，你们就找点事儿，制造混乱，用身体去撞展台，让那些雕塑摔在地上，如果摔不散，就上脚踩！踩烂为止。”

聚餐持续到夜里，饭后小丁陪杨哲外出散步，在全无路灯之处折返，一路无言。回到庭院已近午夜，工人们多已睡去，横七竖八地躺满大堂和长廊，鼾声此起彼伏，脚臭味掩盖了几小时前那一屋子酒气。借着庭院里昏黄的光，杨哲小心地迈过工人，后面的小丁轻轻帮他们盖好被子，俨如战争片中必然出现的一幕。

杨哲指着大厅一角的电暖器，压低声音。

“植田还算是个细心的人。”

“是啊。”

“明天把手机调成震动，放在胸口这个兜里，到时候周围再吵也能让我找到你。”

“好的。”

“他们的护照都在你那里吧？”

“都在。”

“明天别忘了都带上。”

“我懂。”

“酒留出来了吗？”

“留了。”

“多少钱一瓶？”

“一千二。”

一点八升，两千日圆之内，符合杨哲心里廉价酒的标准。

不过，酒不为庆功，而是为第二天午餐。如杨哲所愿，二十人喝了比头一晚更多的酒，有几人上车时已经嚷起浑话。

植田拉开院门，向众人鞠躬道别，载满醉汉的商务车，一辆、两辆、三辆地经过他，带着二十人的浓浓醉意，带着杨哲久久难平的恨意，飞速驶向东京，驶向石井。

食物，车上准备了很多，麒麟啤酒也是。路上，司机那边的窗始终开着。

一点三十分，工人们被卸在会场外，怯意全无的他们，在集合后，声势浩荡的步入会场大门，他们的出现令在场的保安警觉起来。

一点四十五分，小丁和工人们共二十一人，一同排在队首，两点过后他们身后才出现竞争者。

一点三十分，杨哲径直来到二层，环绕会场上方，停在去年小金窥视石井的角落，透过尚未展开的百叶窗的缝隙，俯视玉森的展位。展品早已陈设妥当，却再无光彩，难以吸引杨哲的注意。石井，自驻足于此杨哲的目光就全在这个男人身上，他看上去有些焦虑，抖着腿，独坐展位一角。是知道我会来吗？想好见到我该说的话了吗？是重复虚假的道歉，还是干脆置之不理？计划好了吗？杨哲想着，许久，目光才扩散到整个展位，野口呢？还有那个美奈子去了哪里？去年他们都在啊！对了，今天和上次不一样，不是玉森的休廊日，也就是说，美奈子一个人留在画廊？那个人是谁？过去没见过，脖子上挂着工作证，新助手吗？

两点三十分，VIP 的队伍越来越长，小丁踮起脚，已经望不到队尾。工人们借着酒劲，喧闹着，旁若无人，排在附近的几个日本人撇着嘴，侧过身去。

三点，一群高度戒备的安保人员出现在周围，安倍夫人即将到达。

三点十分，男性工作人员加大了步伐，女性工作人员小跑起来。

三点二十五分，有个酩酊大醉的工人一屁股坐在地上，工作人员急忙过来搀扶。队伍里，零星出现了日本人的牢骚，“这些人是哪里来的？”“怎么现在什么人都能拿到 VIP？”工人们听不懂，但小丁懂，他回头望了望那几个不满的，紧排在身后的日本人。杨哲说过，排在队伍前面的人都是冲着野口去的，也都有可能是石井找来的。想到这里，小丁翻译了那些话，工人们扭头对那几个人怒目而视，某个工人还骂了几句脏话。被骂的日本人当中，有一个以“蠢货”作为回应，第二轮争吵刚要开始，扶梯下方爆发出的热烈掌声打断了他们，作为名誉主席的安倍夫人开始致辞。

与此同时，展厅里最后一幅画被端正地挂在了墙上，最后一个参展商回到了自己的展位前。

几分钟后，杨哲面前的百叶窗徐徐收起，可他没有回避，稳稳地站在石井上方，丝毫不担心被发现。

第二次掌声在十分钟后传来，半分钟后，第三次，那是组委会主席的发言，第四次结束后，小丁看着手机上的时间，倒计时开始。一米线被收起，工作人员各就各位，一,二,三，微笑；三,二,一，入场。

一如事先安排的那样，工人们两个一组，刷卡之后，沿扶梯飞奔而下，没一个耽搁。

看看手表，杨哲深吸一口气，将目光从石井身上微微上移，聚焦B展厅的入口，那里随时会涌进二十个士兵。他们会为我洗劫玉森，杨哲默念，洗劫石井。

快！在小丁的催促声中，最后一个工人，酩酊大醉的那个，跌跌撞撞地冲下扶梯，搀扶他的人险些被带倒，他的一只脚已经无法支撑身体，软塌塌地拖在身后，三个日本人眼看就要赶上他们了。其余的工人蠢蠢欲动，一点点往B入口挪动。小丁断然对搀扶他的工人高喊，别管他了，跑过来！跑过来！也许那人早想甩掉累赘，一把将他撂在地上，和其余的工人一同冲进展厅。最快到达玉森展位的路线已被熟记，小丁冲在最前面，十九人紧随其后，进入了杨哲的视线。

杨哲的目光随他们移动，同时也注意到了那七八个疯狂追赶的日本买家，有两个十分眼熟，似乎参与过去年的划拳，石井的人，一定是！

小丁狂奔。

十九人狂奔。

那一阵由远及近的骚动声令石井站起身来，做出迎接姿态。不过他还不知道，杨哲窃笑，他还不知道，正奔向他的是一群什么人。

B12，小丁看到了玉森展位的编号。

开始了，杨哲已经将头抵在了玻璃上。

工人们高喊着，用不同的发音高喊着，同时将十九根指头指向不同方向。

很好，就这样，吓住他，杨哲默念。但是，看上去石井还算镇定，只是重复着双手下压的动作，另一个工作人员站在石井一侧，做着同样的手势。

围住他，对，围住他们，杨哲默念。

被包围的石井似乎在人群中寻找着什么。

杨哲冷笑，找不到的，你等的人在人墙外面。

直到发现没有一张熟悉的面孔，石井才慌张起来，边后退边嘀咕，这是怎么回事？

我要这件！工人们只是像中邪一样，重复着一句话。

杨哲死盯着手足无措的石井，他正退向展位一角，同时嘴巴里说着什么，看起来那么滑稽。随着石井的后退，原地未动的工作人员脱离了包围圈。

见状，杨哲拨通了小丁的电话。

“那个穿灰套装的人是谁？”

“临时工，好像以前在玉森工作，这次是回来帮忙的。”

“怎么没把他围住？！”

小丁这时才察觉，临时工在帮石井解围的同时，已经和聚在外围的一众日本买家取得了联系。

该动手就动手吧！杨哲喃喃道。

“安静一下，大家先安静一下！”石井高喊，“我们这次抽签决定作品归属，抽签！”

工人们不听，也听不懂，他们嚷着，遵从老板的部署，利用酒精的作用，发泄着，相互推搡。

杨哲和石井同时注意到，两座展柜已被撞歪，武士摇摇欲坠。

再加把劲！

不能再这样了！

“长山先生！长山先生！”

穿灰套装的男子注意到石井的呼喊。

“把作品全收走，快！全收走，收到屏风后面去！”

长山火速执行，顾不得像布展那样戴上白手套轻拿轻放。他飞快地将几件雕塑揽在怀里，橄榄球跑锋一般绕过工人对石井的包围，冲进展位后方被屏风隔离的工作人员区域。

我操你妈！杨哲立刻拨通小丁的电话。

“太久了，你们他妈耗得太久了！”

藏好几件雕塑，长山从屏风后出来，向石井使了眼色，挤回展台前，将绿点贴在每张作品标签卡上，表示已预订。

“现在只能再等一等了。”

小丁得令，低声示意与他相邻的工人安静下来，工人们将信息相互传递，场面得以暂时平静。

趁着工人们六神无主，石井穿过他们，来到日本买家面前。

俯视和日本买家交谈的石井，见他们每说上几句就回头望着自己的工人窃笑，不难猜到对话内容。

杨哲背对会场，继续下令。

“一会儿，如果石井只让那些日本人抽签，你们就闹！”

石井安抚着日本买家，请求他们等待，而后来到长山跟前交头接耳，似乎在商量对策。

工人们没有离开玉森展位半步，倒是一半的日本买家先行离开。

石井和长山躲在屏风后面，不再露面。

漫长的僵局。

不能这么耗下去，今天必须有个结果，必须让他做点什么，杨哲盘算着，再次拨通小丁的电话。

“把玉森的地址发到我的手机上！”

会场外刮起大风，天空阴沉下来，杨哲拦了一辆出租车，飞速向西南方驶去。

美奈子正在将近期的画廊展讯发给重要藏家，安静地坐在前台后面敲打键盘。忽然，余光里，不远处有人盯着自己。抬起头，窗外，逆光中似曾相识的人影，细看之下愣住了，是他，那个从未对自己露出笑容的人，此刻正在对自己微笑，他大幅挥动手臂，狂风中黑暗的稻草人一般令人不寒而栗。对视持续了几秒钟，美奈子忽地起身，下意识地遵循礼节，要去迎他，那人却笑着摇头，嘴巴动起来，说着什么，指了指脚下。

“你忙你的！我不进去！”杨哲喊，“我就在这里站会儿！”

美奈子重新坐下，却再也无法安心工作，每敲几个字，就提防地翻起眼，望向那个人，然而那人没有丝毫离开的迹象，就那么动也不动地站在那里。他要干什么？美奈子更慌了，她想提早打烊，拉下卷帘门，可是连靠近大门的勇气都没有。迫不得已，她把头埋在前台下，压低声音，向父亲求助。

获知美奈子的处境，石井再次焦躁起来，想赶回画廊，被长山制止，长山指着聚在展位附近的那群中国人，担心一个人应付不来。

“他们果然是杨哲找来的，就是那个我提到过的麻烦的中国人。”

“他想干什么？”

"之前是为了得到野口的作品，不知道现在还是不是。"

"他去找美奈子干什么？"

"不清楚,想让我赶回画廊？或者只是为了恐吓我？"

"为什么您不息事宁人呢？"

"你不知道来龙去脉，在我从来就没做错什么的情况下，已经向他道了歉，他还是不依不饶。你也知道，野口的作品每年就这么几件，必须，我是说必须送到正确的人手里！更何况我不喜欢这个无礼的中国人！"

眼看石井情绪激动起来，长山默然不语。

"中国人……我以前就跟你说过，我根本就不喜欢中国人。"

"我记得，我只是担心这些中国人会和咱们的客户发生冲突。"

"如果现在抽签或者划拳，以中国人的数量，很可能会得到全部作品。他知道我不会让那样的事情发生，却还是找来这么多人……所以说，他现在很可能已经不是为了野口的作品了，那么就算我让出一件，也未必能让事情平息。"

长山点着头，从屏风缝隙窥视正在相互闲聊的中国人。

“美奈子听起来很害怕，我要赶回画廊去。”

“我相信那个中国人不敢做什么。”

“你不了解他，天知道他还会做出什么事情来……我已经让美奈子躲到我的办公室去了。必须立刻解决这件事。外面还剩几位咱们的买家？”

长山数了数，“六位。”

“岩上翔太先生还在吗？”

“不在了。”

“那么伏贯佑马先生呢？”

“他还在，大野義人先生也在。”

“那还好，给岩山先生去电话，看他还愿不愿意回来。然后你带他们轮流进来看作品，请他们几位抽签。”

几分钟后，长山悄声走出屏风，凑到一个买家跟前，耳语几句，一同溜到屏风后面。

等到小丁觉察，已有四个挑选过作品的买家聚在屏风外等待抽签。一声号令，十九个工人瞬间将那四人围在当中，小丁高喊不公，石井再次现身，强硬地指责小丁带人捣乱，威胁要让会场安保介入。

“如果安保介入也只会站在我们这边，在场的每一个人都是 VIP，都有资格抽签。”

“只有我玉森画廊的老主顾才有资格，你们没资格买我的东西！没资格！”

此时的石井已经完全失去耐心，他前所未有地咆哮。

见石井发怒，被围在人群里的日本买家纷纷声援。

“你知道我在石井先生的画廊里买过多少东西吗？”“你知道我认识石井先生多少年了吗？”“你知道野口先生作品的深意吗？那是日本文化的精髓所在，你不会理解，你拿到他的作品毫无意义！”

面对这一连串的发问，小丁憋红了脸，不知如何回击。于是，他转过头，面向根本听不懂却始终怒视日本人的工人们。

“他们说中国人不配买，让咱们滚蛋！”

十九只火药桶被同时点燃了。

“你他妈再说一遍？”工人们一拥而上，八九双手同时拽住石井和两个日本买家的衣领，猛烈地前后晃动，日本人用力挣扎，试图将工人们推开。

场面完全失控，叫喊、谩骂，充斥B展厅，看热闹的人从四面八方聚拢过来，将玉森展位团团围住，然而没有一个上前劝阻。

相互推搡了一阵，一个工人从后排猛然跃起，压着前排工人的肩膀，一个耳光扇在买家脸上。是那排队时骂人的工人，挨打的是那还嘴的买家，他一副难以置信的模样，瞪圆双眼，半天才缓过神来，举拳还击，奈何空间狭小，力量被太多手臂和肩膀分散，他扭动身躯，想要挣脱那几只粗壮手臂的掣肘，却无济于事。他怒吼起来，加大挣脱的幅度，整个人陷入癫狂状态。

“大野先生，冷静！大野先生！”长山努力安抚他，毫无用处。

大野先生是不能得罪的人啊！大野先生是不能得罪的人啊！……目睹重要藏家受辱，石井的愤怒凝固了，但只是刹那，就以更惊人的力量释放出来。他发出刺耳的尖叫，那是以他平日的嗓音无法推测出的奇怪声音，他用尽全力妄图掰开那些抓住大野的钢钳般的手，可对于养尊处优的他，连缠绕在自己身上的手臂都无力挣脱。

终于。看到了。石井失态的那一刻，杨哲重新站在了二层俯视一切的地方。终于看到了。杨哲狞笑，眼圈通红，在那一刻，被院领导羞辱的画面，被生意伙伴羞辱的画面，被官员羞辱的画面，被妻子羞辱的画面……如同坠入黑色海面的烟花，无影无踪，他几乎流下泪来。

石井挣扎，面孔扭曲，那件合身的羊绒衫被扯得松松垮垮，露出了肩头，在所有人的注视下，曾经的风度荡然无存。

这还不够！杨哲高呼，谁去给他一拳？谁去给他一脚？快啊！已经有保安过来了，快呀！

一声惨叫，小丁一惊，发现石井咬住了一只钳住大野的手。被咬住的工人立即撤手却撤不回。石井狠狠叼着，像长冬中久未进食的野兽叼住刚刚捕获的猎物，石井狠狠叼着，同时翻起通红的双眼，那一刻，他看到了站在二楼的杨哲。

那样的眼神，野兽一样的眼神，杨哲从没见过，即便在中国。他后背发凉，但没有退却，就那样瞪着。

以眼还眼。

10

两个人一年来的第二次对视没有持续多久。随着大会安保人员的介入，场面得到控制，冲在最前面的七名工人被带离展厅，分开被带走的还有石井和大野，两批人被安置在两间偏僻的休息室，由安保人员看管，等待警察到来。

不等人群散尽，小丁便飞奔到二楼去找杨哲，他正坐在工作人员食堂外。

“咱们现在该怎么办？”

“先吃点东西吧？我饿了，非常饿。”

说着杨哲起身走进食堂。

“工人怎么办？”

"让他们等一会儿。"

"展厅里那些呢？"

"也让他们等一会儿。"

安静的一餐即将结束。

"您对今天的结果还满意吗？"

杨哲沉默，他自己也不清楚。

走向玉森展位，杨哲一言不发地扫视沿路作品，提不起任何兴趣。三潴选送了天野喜孝的作品，放在从前应该会欣喜不已吧？经过福马画廊的展位，他主动望向老板娘小岛女士，渴望从她的目光中获得肯定，然而等待他的却是一种难以言喻的注视，不是钦佩，不是赞许，更接近责备和驱赶。难道我没有帮你出气吗？还是你，你们，只能接受暗算？

工人们已不知所踪，玉森展位前空空如也，没有展品，没有工作人员，没有围观者，在会场强烈的照明下，只留一片夺目的白。屏风后传来长山焦急的通话声，不知那端是美奈子还是组委会里的熟人。

猜测着，听到有人以微弱的声音呼喊自己，循声望去，是其余的工人，他们正躲在远处的角落，张狂荡然无存。杨哲将他们送上驶往和歌山的车，临别前告诉他们，今晚自己不会回去。很快，小丁打听到看押七名工人的房间，门口，杨哲停顿了片刻。

一个工人正举着留着深深牙印的手腕给警员看，警员贴近观察后继续盘问，海外市场业务发展总监，那个叫马然的年轻人正在一旁充当翻译。工人谨慎地复述着昨晚杨哲教给他们的话，我们是买家，我们持 VIP 卡。

马然将翻译的任务丢给小丁，溜之大吉。杨哲自我介绍是这七人的朋友，被警员请到一旁等候，入场时掉队的工人正不省人事地酣睡在不远处并排放置的椅子上，盖着一条不知从何而来的毛毯。

工人们没有被立刻带去警局，而是被困在那房间几个小时，多名警员出出入入，似乎有半数来自看押石井的房间。他们在通气，或者是考虑到艺博会的声誉，在等待不引人注意的时机押人出去，杨哲想。

入夜后，陆续出现过的所有警员聚集在看押工人们的房间，一番讨论，将工人们带走，杨哲和小丁尾随其后，不时有工人回头张望，脸上有无助，有惶恐。等最后一人被押上警车，杨哲快走两步，赶上去对他们说，就十天！如此肯定，令清醒过来的工人诧异，迷茫地望着自己曾无比信任的人。

转过头，杨哲四下张望，问小丁有没有看到石井。也许已经被押走，小丁猜测，杨哲拦住一名正要离开的警员，在小丁的追问下，得知石井已自行离开。

小丁不知所措地望向杨哲。

“接下去咱们该怎么做？”

杨哲迟疑着，视线随最后一辆警车远去。

“还有十三个人，明天继续。”

一个阴郁的清晨，云很低，罩在塔顶，不久飘起小雨，赤坂的上班族总能变出一把伞，随时随地，他们身上仅有的神秘之处。一夜无眠的杨哲贴在窗边，聆听小丁应付着警局的来电。通话结束，小丁取出七名工人的护照，只身前往警局。

小丁走后不多时，杨哲的电话响起，他不记得把号码留给过大使夫人，更没想过有朝一日她会亲自来电。应该是为昨天的事，她是大会组委会委员。杨哲深吸一口气，接听。果不其然，为预防杨哲在展会上继续捣乱，大使夫人参与调解。在简短的安抚和批评过后，她建议杨哲与石井当面消除误会，还告诉他，石井会在今天上午收到安倍夫人的信。诚惶诚恐地挂断电话，杨哲立刻命小丁和玉森预约见面时间。小丁刚要联系画廊，手机就响了，玉森来电。

就这样，石井和杨哲的第三次见面被火速定在了两小时后的下午一点。

去往玉森，一路无话。为缓和气氛，小丁打开广播，一首西城秀树的老歌，“……我将登上这孤独的阶梯……”[1]

停了车，撑着伞，杨哲铁青着脸，与小丁一前一后快步向画廊走去。

---

[1] 西城秀树，日本广岛县出生的流行歌手和演员，这首歌是《时间的阶梯》(时のきざはし)。

“一会儿，把我说的每句话都翻译得客气一点。”

石井在向杨哲挥手，激动不已，脸上挂着和第一次见面时别无二致的笑容，美奈子替他撑着伞，也笑着。相距十几米远,杨哲便回手将伞塞给小丁,冒雨冲了过去,满脸堆笑地握住石井的手,用日语说着好久不见,松开手,石井深深鞠躬。

“不好意思，杨先生，还要麻烦您亲自过来一趟，快请进。”

笑声，不间断的笑声，从会客室传出来，在门外将茶点准备妥当的美奈子微微摇头，转身投入那笑声当中。

“最近总是下雨呢，真是麻烦您了，我们应该约在离您住处近一些的地方。”

“不不不，我很喜欢您这里，咱们玉森画廊给人的感觉很舒服，很高级，”说着杨哲拿起茶杯，“就说这些个给客人用的茶杯吧，真的很有品位，握着它就能感受到贵画廊对客人的尊重。”

石井笑着，也拿起一只。

“这些是以前开古董店，自己留下的。”

“川喜田半泥子……”

“欸，杨先生果然是内行。”

“美奈子,去拿那只三轮休雪的茶杯来,给杨先生过目。”

一只小巧的灰色茶杯转眼呈现在杨哲面前，他贴过去，细细端详。与一年前相同，石井趁机观察他，这个中国人好像和一年前见到时不太一样了，染了头发，整齐很多，穿着也似乎得体了一些。

“珍品啊！”

杨哲夸赞，小丁夸赞。

“石井先生这里真有不少好东西啊！”

石井连忙笑着摆手。

“哪里，哪里。”

“野口先生最近还好吗？”

“托您的福，他很好，正在画画。”

“也很好啊，他的画也很有趣。”

“您能喜欢的话，我们很高兴啊。他这次打算尝试油画。”

“如果我没记错，野口先生就是油画专业出身不是吗？”

“是啊，杨先生很了解呢。”

“我很期待野口先生的新作品。”

“杨先生最近都在东京吗？”

“之前回了香港，过节。”

“杨先生是香港人？”

杨哲笑着点头。

小丁诧异地望了望杨哲。

美奈子托起茶盘，起身离开。

“玉森画廊可是香港巴塞尔的常客啊，我差不多每年都会去香港出差，我很喜欢那里，有一家很有名的烧鹅店，啊，太好吃了，香港人也很友善，就像杨先生这样。”

“镛记烧鹅。”

“对，应该是那里。”

“今年的巴塞尔，杨先生会回去吗？”

“已经拿到了请柬，但还没想好。”

“香港也有几家画廊，他们从很早以前就开始代理日本艺术家的作品了，奈良美智，石田彻也，加藤泉……”

“石井先生说的没错，代理石田彻也的高古轩[1]在香港有个很棒的分画廊，代理加藤泉的贝浩登[2]也不错。”

石井一知半解地点头。

美奈子重新回到房间，提着沉重的茶壶，抖动着纤细的手臂，躬身给每个人倒茶。轮到小丁的时候，她将身体短暂地贴在了他背后。小丁一怔，微微转头观察，空间确实狭小，但似乎也有绕到自己身侧的富裕。他抬起眼，偷着望向她，那栗色短发的女孩儿，美奈子，他默默重复。

“想问杨先生一个问题，您是怎么知道我们画廊的呢？”

“还是因为野口先生，但是很快我就了解到贵画廊在业界的地位。”

“哈哈哈，杨先生过奖了，哪里有什么业界地位，都是一些同行朋友，还有杨先生这样的忠实藏家抬爱。说

---

[1] 高古轩，拉里·加戈西安（Larry Gagosian）名下的当代艺术画廊，其在香港的分画廊位于中环毕打行。

[2] 贝浩登，艾曼纽·贝浩登（Emmanuel Perrotin）名下的当代艺术画廊，其在香港的分画廊位于中环干诺道中。

起来，就连我们这家店都不怎么起眼，我一直觉得选址不好呢。”

“没有啊，这里的环境多好啊，闹中取静，我曾经在街对面的公寓看过房。”

“哦？真的吗，杨先生？”

“六丁目，就在街对面。”

“那是什么原因让杨先生打消了念头呢？”

“哈哈，说来惭愧，真的是什么都好，唯独楼下就是一片墓地。”

石井迷惑地点头。

“不知道石井先生有没有耳闻，我们香港人很相信风水，住得离墓地太近总之不太好。”

“听说过，一些日本的老艺术家会投香港富商所好，制作一些意头很好的作品……”

杨哲礼貌地点头，“比如敷内佐斗司先生？”

“……当然，不是说这样不好，很好啊。”

“所以说呢，没能在骨董通上定居也是很遗憾的，石井先生您知道，古董也很让我着迷。”

“杨先生是行家，这条街上的古董店信誉都很好。”

“山崎彬先生，石井先生您认识吗？”

“认识，认识，两周前，我们还在一起吃饭呢，他人很好啊。”

“他店里那几只铃木藏的茶盏真是漂亮啊。”

“对对对，还有那一只河井宽次郎的扁壶！我猜得没错，杨先生真的是个重要藏家呀！”

杨哲腼腆地笑。

“这条街上还有两家画廊我也经常光顾，一家叫无人岛，主营亚文化艺术。”

“我去过那里，老板娘米米子是位和蔼的女士。”

“说来惭愧啊，对这个领域不太了解，但是喜欢进去逛逛，随便买点什么，也算没被年轻人落下。再说还有这些年轻人帮我挑，以前是小金，现在是他，他知道该买什么，花轮和一，横山宏？”

说着杨哲望向小丁。

“还有一家画廊，叫新生堂，我很喜欢他们代理的一位艺术家，大森晓生。”

“大森先生啊！我认识他，他的作品很厉害啊。”

“我最喜欢的他的作品是一条缠绕在镜框上的灰蛇。”

“对，大森先生雕蛇很拿手。”

“那面镜子现在还挂在赤坂的公寓里。”

“欸！杨先生已经在东京买了房子？厉害啊，还是在赤坂啊，杨先生，我可是住不起那里的，杨先生真是个有钱人啊。”

“哪里，差得远。”

“有个疑问，可以问吗，杨先生？”

“当然。”

“您收藏这么多艺术品，都放在公寓里吗？还是会租仓库。”

“主要还是放在和歌山和京都，那里有两处庭院。”

“欸？我就是和歌山人啊。”

“啊？是这样吗？那很欢迎石井先生去舍下做客。”

石井双臂撑住膝盖，半鞠一躬。

“杨先生方便透露您和歌山房子的大概位置吗？”

“就在和泉市郊，大阪府跟和歌山县交界的地方。”

“离我的老家很近啊！”

“石井先生您现在还有家人住在和歌山吗？”

“有的，我们全家，只有我在东京，其他人都没有离开。”

杨哲用力点头。

“再冒昧地问一句，杨先生您为什么会在和泉市买房子呢？说起来很多日本人都不知道那里。”

“哈哈哈，也是阴差阳错吧，是京都的一家地产中介推荐的，我去看了看，果然好，房子大，院子大，院里都是樱花，在两山之间，还有条小溪流过。”

“啊，听上去真令人神往啊，杨先生。”

石井微微扬起头，做出遐想的样子。

“不过恕我直言啊，杨先生，和泉市郊还是有些沉闷的，好像只有一个商场可以去，您觉得呢？”

“哈哈哈，如果住在那边，会把很大精力放在装点院子上，不会觉得很闷。”

石井重重点头。

安静片刻。

“杨先生为什么想要收藏野口先生的作品呢？”

“石井先生应该还不知道，我以前也画画。”

“哦？可以问是什么画吗？”

“中国画。”

“我们的日本画就是从中国画演变过来的，厉害啊，杨先生。”

“哪里，哪里……我也喜欢日本电影，《乱》[1]、《影子武士》[2]。”

“所以，杨先生会喜欢野口先生的作品。明白了。”

“最早我是从一本画册里看到野口先生的作品，实在是喜欢，就到处打听哪里能求到他的作品。”

“《武士的现代生活》。”

“对，应该是这个名字。”

“是二零一四年由青幻舍出版的。”

“一本画册大大小小都是武士模型，非常有意思，我

---

[1] 《乱》，黑泽明晚年代表作品，改编自莎士比亚的《李尔王》和毛利元就折箭的故事。

[2] 《影子武士》，同样由黑泽明导演，获第三十三届戛纳电影节金棕榈奖。

让上一个助手翻译了画册后面的文字，了解到这位艺术家还很年轻，但已经成名了将近十年。还上网搜索，了解到他最有名的是零九年的一组作品，穿香奈儿盔甲的武士，那组好像是被美国大都会博物馆收藏了。”

“对，没错。”

“助手很快替我打听到代理他的画廊，就是你们玉森。”

石井干笑，一时间不知如何接话。

焦急地寻找话题，短短几秒钟，二人额前便渗出汗珠。

“我们还代理了其他几位艺术家，杨先生您要不要看看？”

“当然好啊。”

美奈子从后架上取来三本画册，恭敬地呈到杨哲面前。

杨哲细细翻阅，不时赞叹。

石井在旁讲解。

“三宅一树也是一位很好的艺术家呢。”

“以前竟然没有注意啊。”

“个人建议杨先生以后也可以关注一下他的作品。”

“一定。”

“对了，这一年杨先生还收藏了哪些艺术家的作品呢？”

“天明屋尚，棚田康司，近藤聪乃……”

“是这样啊，听起来都是三潴画廊代理的艺术家呢！杨先生您可能不知道，野口先生也是天明屋尚先生的忠实粉丝呢，他在二零一零年根据天明先生的画创作了雕塑，《白虎》，您知道是哪张吗？”

石井起身，从办公室取回一个扁纸盒。

“这是三潴画廊代理的重要艺术家的代表作，是印刷品，不过这些对于我来说已经很贵了。”

说着石井逐张展示，杨哲饶有兴趣地凑过头去。

“就是这张，很好看啊。”

“非常好看。”

“不过我这里只有这一张，没有天明先生的近作。”

“我经常能在一本男士杂志上看到天明先生的小画，类似连载，每月一张。”

“真是很有趣的尝试呢。”

附和着，石井翻到下一页。

“近藤聪乃，好像有几年没看到她的新作了。”

“她在伦敦定居了，很久不画了。”

一张张看完石井的收藏，美奈子将纸盒收回办公室。

又是一阵沉默，三个人干笑着将目光同时集中在木桌中央，那里如同他们此刻的大脑，一片空白。

杨哲低下头，看了看手表。

“啊？快三点了？石井先生您忙吧,我们就不打搅您了。”

“哪里，哪里。”

“美奈子，去看看是不是还在下雨。”

美奈子离开。

“对了，杨先生，忘了告诉您，野口先生在今年五月中旬会有个展，如果您有兴趣，欢迎光临，如果到时候有什么中意的作品，我们会尽量满足您。”

“那太好了,我一定会来,石井先生实在是太周到了。”

小丁插嘴。

“石井先生方便透露一下，野口先生的作品今年是什么价位？好像这次博览会上，作品标签卡上没有……”

“野口先生的作品每年的涨幅还是很稳健的，现在他的小作品，也是就十厘米高的售三十万，中号三十厘米售一百万，大号六十厘米售两百万。”

杨哲先赔笑,当得知小丁问了什么,冷冷瞥了他一眼。

小丁立即住嘴，不再发问。

美奈子回来。

“雨停了。”

“这个时候的东京就是这样，雨不会很久，当然，杨先生您是知道的。”

“那么就五月中旬再见了，石井先生。”

“五月中旬，我会请美奈子提前将具体展讯发给杨先生。”

“太好了，我会尽早到的。”

杨哲率先站起身，伸出手，石井不敢怠慢，握手的刹那，手心的汗水交融在一起。

美奈子闪到一旁，让出大门，与她擦身而过的小丁报以腼腆的微笑。

在无数次道别，欢笑，鞠躬过后，杨哲和小丁离开了玉森画廊，每走出几米，就回过身，向站在门口的石井和美奈子挥手。

在雨后漆黑如镜的沥青路上走出十几米，小丁低声问，是不是不该提今年展会的事情，杨哲只板着脸，自顾自地加快脚步，斜穿马路，向临时停车区走去。

石井放下最后一次挥动的手臂。

“这件事，算是过去了吧？”

美奈子迷茫地望着杨哲微驼的背影，不知如何回答。

后记

不知是因为安倍夫人的来信，还是这个能把自己逼得方寸大乱的中国人，石井不能得罪的人的名单里终于出现了杨哲的名字。之后，在石井持续的催促下，一尊身披褐色铠甲、手捻枯枝的武士像出现在办公室的储物架上，静候杨哲在五月某日的到来。等待中，它偶尔会被石井从木箱中小心取出，如同当初在杨哲第一次到来时那样，被展示，被炫耀。当再次被某个也许来自中国的买家问道能否购买它的时候，石井会恭敬地回绝，告诉他这是为一位同样来自中国的藏家预留的，那是一位重要藏家,那个人已经等待了很久很久,而且为了得到它,做出了令人难以理解的努力。

兴建棋苑的项目迎来转机，杨哲趁那段时间回到和歌山。樱飞如雪的一天，两个年轻的土地规划科科员携带测量工具再次出现在后院的荒地，几天后，被驳回过一次的申请得到批准。

工程队是新管家找来的，报价大体合理，唯独处理工程废料的价格偏高，互不退让之际，工程队里一个来自九州的年轻人偷着联系小丁，表示能以那项报价的三分之一处理所有废料。四月，棋苑动工了。那是比以往任何一次翻修都大得多的工程，管家在后院里一个不碍事的地方替杨哲支了把洋伞，搬了把椅子，让他静静地看，静静地等，等一座新房落成，或者，五月到来。

请柬在开展前一周准时出现在大门前的信箱里，这让焦急等待它的小丁喜出望外，他飞奔过前院，栈桥，将它送到杨哲手上。出乎意料，杨哲没表露出丝毫喜悦。

个展开幕当天他们才返回东京，在杨哲的吩咐下，小丁将车驶入玉森画廊五百米外的停车场，骨董通上唯一允许停车的地方。小丁率先下车，杨哲一动不动；小丁绕过车头，替他拉开车门，他却只是低着眼，沉默着，神情与收到请柬时，昨晚，今早，来时的路上一样。

那天，杨哲最终没有赴约。

入夏前，杨哲做了美肤，洗了牙，置办了几身质地精良的夏装。海节那天，走在和歌山市街头，第一个向他问路的日本人出现了。

后来，杨哲和过来度假的朋友讲到自己被当做日本人的经历，讲述时有些得意，安静下来却有些难过。朋友和杨哲分开太久，已经察觉不到他那些转瞬即逝的情绪，小丁可以，却不明白。

易主一事没有给高尔夫球场的运营带来任何影响，棋苑的修建却没有那么顺利，预算一再超支，工期一再拖延。

初秋一日，杨哲心中烦闷，在晨雾中沿盘山路上行，来到平日里的折返点，一座建在半山的小水库，却没有掉头，他对小丁说想去山顶，去施福寺。

能见度在降低，寥寥几株刺穿白雾的银杉之外，山涧里混沌一团。片刻，雾气上浮，与山路平齐，银杉也消失了，只留一条危险的黑白界线引他们向前。

施福寺，天正[1]年间僧众三千，两场大火过后盛况不复。……寺内，杨哲随口讲解，这些是他第一次来的时候，小金告诉他的。

拜了观音，绕到观景台，谷间的雾气升得更高，平日里，那里本可尽览和泉平原，此刻，岩涌山不见了，连来时的方向都辨不清。

也许那天是什么特别的日子，上山的车格外多，回程时走出几步，就有一辆盘旋而上的汽车在大雾中呼啸而过，为避免危险，小丁临时搜索出一条下山的小路。

一条不曾走过的路，坡度大，需要穿越整片松林。下到一半，雾气消散，杨哲叫住带路的小丁，他离开小路，向林子里走出十几米，躲在树后解手，从前他不会为此顾及丝毫，现在却格外紧张。

---

[1] 天正，日本正亲町天皇和后阳成天皇在位期间使用的年号，使用时间从一五七三年至一五九三年为止。承续年号为元龟，接续年号为文禄。

左顾右盼，发现不少鼓鼓囊囊的水泥袋凌乱地被丢弃在密林深处，凑过去，袋子十分眼熟，多数已经破漏，石灰块，木屑，废塑料从里面滚落出来，把周围地上那层松软的针叶染成了白色。

竣工在即，大森晓生的木雕成为装点棋苑的不二之选，新生堂寄来他的新作图鉴和价目表，杨哲选出几件，请画廊备好，相约在那个周六回东京去看实物。

小丁再次把车驶入停车场，也许是周末的缘故，用了很久才将车停稳。连日降雪，坚实的冻冰铺满整条骨董通，二人相互搀扶，谨慎前行。

自从和玉森画廊发生摩擦，杨哲就甚少出现在这条街上了，和那里相熟的古董店也断了往来。他的消失让店主们好奇，其中一些甚至会偶尔怀念他，毕竟他曾是出手最为阔绰的客人。今天，他的再次现身令店主们难掩兴奋，然而，这个中国人不再像从前那样，买下全部推荐给他的东西。

新生堂是最后一站，廊主吉行女士照例在门口迎接。

他们被引到一楼和地下的会客室，供杨哲挑选的木雕已被整齐陈列，吉行激动地描述着大森晓生的作品在新加坡艺博会上如何大受欢迎，杨哲只是以一副她并不熟悉的样子聆听。

同样，杨哲没有在她面前做出任何决定。

双方在反复挥别与鞠躬之后已相隔百米。举步维艰地回到主路，小丁闲问，杨哲最终会购入哪几件作品，杨哲思索着，忽然间不知看到什么，脸僵住了，紧接着，小丁感到袖口被猛地扯动，还来不及反应，就被杨哲拉进身旁的小巷。可能过于慌张，杨哲脚下一滑，跌坐在雪地上，小丁急忙去扶，却被拽住，不能动弹。等了一会儿，杨哲才松开手，小丁好奇地从小巷里探出头，望见一个熟悉的背影，在漫天大雪中，向玉森画廊的方向走去。